TIME        TRAVELLER

# 时间旅行者 系列

## 王朝启示录

[葡]瑞吉娜·贡萨尔维斯    [葡]瑞吉斯·罗莎    著    赵建军    译

时代出版传媒股份有限公司
安徽少年儿童出版社

U0727622

著作权登记号:皖登字 121414022 号

**图书在版编目(CIP)数据**

王朝启示录 / (葡)贡萨尔维斯, (葡)罗莎著 ; 赵建军译. —合肥 : 安徽少年儿童出版社, 2016.1
(2019.1重印)
(时间旅行者系列)
ISBN 978-7-5397-8301-7

Ⅰ.①王… Ⅱ.①贡… ②罗… ③赵… Ⅲ.①儿童文学 – 长篇小说 – 葡萄牙 – 现代 Ⅳ.①I552.84

中国版本图书馆 CIP 数据核字(2015)第 232418 号

SHIJIAN LÜXINGZHE XILIE WANGCHAO QISHILU
　　　　　　　　　　　　　　　　　　　　　　　[葡]瑞吉娜·贡萨尔维斯　　[葡]瑞吉斯·罗莎　著
**时间旅行者系列·王朝启示录**　　　　　　　　　　　　　　　　　　　　　　赵建军　译

出 版 人:张克文　　　策　　划:丁 倩　　　责任编辑:曾文丽　王笑非
装帧设计:唐　悦　　　责任校对:江 伟　　　责任印制:田　航
出版发行:时代出版传媒股份有限公司　　http://www.press-mart.com
　　　　　安徽少年儿童出版社　　E-mail:ahse1984@163.com
　　　　　新浪官方微博:http://weibo.com/ahsecbs
　　　　　腾讯官方微博:http://t.qq.com/anhuishaonianer（QQ:2202426653）
　　　　　（安徽省合肥市翡翠路 1118 号出版传媒广场　　邮政编码:230071）
　　　　　市场营销部电话:(0551)63533532(办公室)　63533524(传真)
　　　　　（如发现印装质量问题,影响阅读,请与本社市场营销部联系调换）
印　　　制:阳谷毕升印务有限公司
开　　　本:710mm×1000mm　　　1/16　　　印张:9　　　字数:121 千字
版　　　次:2016 年 1 月第 1 版　　　2019 年 1 月第 3 次印刷

ISBN 978-7-5397-8301-7　　　　　　　　　　　　　　　　　定价:26.00 元

销量突破百万，已售出六国版权，人气暴涨进行**时**！

葡萄牙畅销书作家，国内知名译者、画者合作无**间**！

穿越过去、现在、未来和多个平行空间的冒险之**旅**！

破文明密码、听伟人启示、迎生死挑战的震撼之**行**！

会逻辑推理、懂生存技巧、知科学常识的学习王**者**！

   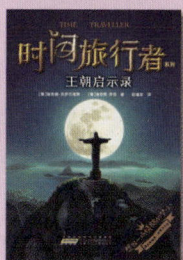

## 编者的话

太阳和地球的运动很复杂？不！爱因斯坦用一张床单、一个柠檬和一个西瓜就能解释。

反射原理很难理解？不！阿基米德借"死亡之光"火烧敌舰，就能轻松诠释其中奥秘。

书中精彩的情节完全可以成为老师趣味课堂的讲解案例，重在强调学科间联系的跨学科学习方式更值得推荐，故本书享有"欧洲具有影响力的学习型小说"的称号。分册被巴西教育部、巴西理论数学和应用数学研究所、著名私立学校等选为教材，是家长和老师都可以放心的一套课外书！

# 超时空旅行 + 爆棚的知识 + 烧脑的挑战

# 活百科全书

## 特殊时间
融合过去、现在和未来，堪比《星际穿越》。

## 神秘地点
埃及、希腊、巴黎、意大利、外太空……

## 课堂知识
涉及历史、美术、音乐、物理、数学……

## 课外知识
生存技能、交流技巧和逻辑推理能力……

## 名人对话
福尔摩斯、爱因斯坦、毕加索、阿基米德、卓别林……

## 角色扮演
侦探、神使、特工、飞行员……

## 生死挑战
破案、飞行、设计机关……

凯厄斯是个普普通通的少年,就像你一样,喜欢玩电脑、打游戏、看电视、踢足球……但他最爱的是滑板。

凯厄斯的爸妈总是在他的耳边唠叨着要在学校里获得更好的成绩,这让他觉得有点儿喘不过气。有一天,他正在上网,突然听到"哔"的一声,一封来源不明的电子邮件闪烁着。凯厄斯打开邮件,只见上面写着:

欢迎你,我的好奇小子!

身处险境的人正需要我们的帮助,谁能解决这个谜题,谁就将拯救他们。

时间之谜:

清晨,我是蒙童;

傍晚,我是猎人;

第二天,

周围的一切,

皆被我抛弃。

我是谁？

用你最快的速度解谜！


　　凯厄斯盯着那封邮件想了想，键入了他的答案，然后……"咻"的一声——他不见了！凯厄斯被吸入了时空隧道，不知不觉地接受了他的使命：到过去、现在、未来和平行空间里去，探访人类的文明宝藏，见证重大时刻的发生。

　　这就是你正在读的这套"时间旅行者系列"的由来。这是一套大人和孩子都会喜欢的幻想小说。在神秘、悬疑的故事中，将各种领域的知识——世界历史、艺术、哲学和科学等融为一体，碰撞出奇特的火花，让另一位时间旅行者收获阅读的快乐、积累知识并激发好奇心。而那位时间旅行者，就是你！

　　凯厄斯·奇普将去发现历史，亲历那些关键的转折点。经过一次次冒险，他变得越来越成熟，并且明白一个道理：要搞定各种麻烦，就必须发挥自己的才能，比如推理的力量！这已经成为他在冒险中学到的最厉害的本事，并能运用得恰到好处。

　　穿过时空隧道的大门，凯厄斯正走向他的使命。

　　冒险的下一站：《王朝启示录》。

# 目 录
MU LU

# 第一章 航海惊魂

青白色的薄雾发出炫目的光亮，它与清晰的地平线形成鲜明的对比，这预示着目的地永远都在天的尽头。

那是在凯厄斯·奇普朝座位后看时的第一印象。这排座位位于露天处，它们曾经饱受刺骨寒风的无情侵袭。这个年轻人穿的衣服并不特别暖和，他努力将那顶单薄的帽子往下拉，以罩住他那凌乱的棕色头发。凯厄斯揉着棕色的眼睛，正努力醒来面对新的一天，但身体的寒冷让他不得不把冻红的两手藏在胳膊下面。

一阵嘹亮而尖利的口哨声引起了他的注意。一个巨大的金属烟囱冒着又浓又白的烟雾，把几根高耸的木桅杆裹了个严实。蒸汽船发出绵绵不绝的悲鸣声，打破了海洋的寂静。甲板上散布着一些水手，不过因为忙于日常工作，他们没有发现这位年轻的不速之客。

这个偶然出现的时间旅行者平静地朝船舷边走去。他没有刻意地大口呼吸这里干净、新鲜且不同寻常的空气。大船缓缓地摇晃着，海里泛起一层厚厚的白色泡沫，并漾起一圈圈波浪。第一缕晨光投射到平静的大海上之后，四处闪耀着无数的光点。灰色的海豚护送着轮船前进，它们偶尔会跳出水面，翻着筋斗，召唤着大海中的"客人们"一起玩耍。

　　一些乘客开始沿着甲板溜达。一些乘客朝餐厅走去用餐。餐厅挤满了男男女女、大人和小孩，他们的衣着非常简单。妇女们被暖和的衣服裹得严严实实的，脚下穿着布鞋，裙子的下摆拖在甲板上，发型是19世纪晚期流行的式样。她们用丝带把帽子系在下巴上，以防被风吹走。有的妇女穿得更简单的一些，用头巾裹着散乱的头发。小孩子们的小脑袋东张西望，他们好奇的眼睛总是跟着那些闹哄哄的沿着甲板奔跑的大孩子们的身影在转动，于是这些小孩几乎是被父母有力的大手拖着或是推着往前走。

　　凯厄斯身旁是固定在甲板上的一些椅子，其中的一把上面放着一件长长的呢绒外套。他神不知鬼不觉地把外套"借"了过来。当他朝乘客们走过去时，虽然他们坚持让他用袖子把双手完全遮住，以阻挡烈日的炙烤，但他还是把外套的两只长袖卷得恰到好处。

　　当他走进餐厅时，刚刚烤制出炉的新鲜面包散发出的气味立刻扑鼻而来。餐厅中央的桌子旁边坐满了人。凯厄斯顾不上斯文，自己动手拿取炒蛋、巧克力蛋糕、黄油面包和一些果酱。凯厄斯在一张桌子旁边坐下来。邻座是一对带着一个小女孩出门旅行的夫妇。小姑娘扎着辫子，一点也不安分。在切面包片的过程中，凯厄斯和这一家人彼此开始熟悉起来。

　　小女孩的妈妈用意大利语问了凯厄斯一句话。凯厄斯噎住了，他听不懂，无法对答。

　　小女孩的爸爸开始说话了。他的话混杂着葡萄牙语和意大利语，凯厄斯对这个爱打听的爸爸摇了摇头。

　　"我哪里都没有看到你啊。你一直都待在船舱里吗？"

　　凯厄斯默认地笑了。

　　小女孩的妈妈给女儿切了一大块面包，接着她继续努力地用葡萄牙语说话："我也感觉身体不适。这趟旅行对谁都很难挨啊。你没有注意到绝大多数人没有来吃午餐吗？天哪，昨天中午他们提供的午餐太恐怖了。鱼和牡蛎发出一股难闻的气味……"

孩子的妈妈叽叽咕咕地讲个不停,行驶着的轮船迫使乘客和桌子上的餐盘跟着它一起永不停歇地晃动着……凯厄斯通过观察这些细微的动静来分散自己的注意力。这时,他觉得胃里翻江倒海,恶心想吐。他感到非吐不可,于是用双手捂着嘴巴飞奔而去,几乎把他坐的椅子都打翻了。

凯厄斯斜靠在船舷边的栏杆上吐了个痛快。这时,空中突然响起一声震耳欲聋的声音。爆炸如此猛烈,凯厄斯被气浪掀到了海里。海水拍击着他,把他几乎打晕过去。他开始沉入可怕无垠的大海里……当他感觉体内的空气在一点点耗尽时,他开始朝各个方向又伸胳膊又蹬腿。他用尽最后的一点气力向上,试图穿越那片把他和空气隔离的巨大水体。

凯厄斯感到越来越绝望。他越是努力想逃离这口闷死他的海水棺材,越是感到压在他身上的海水的重量和深度。当用尽了最后一口气时,他终于折腾着回到了海面上。他迫不及待地把咸咸的海水吐了出来。当肺里充满让他重新活过来的空气时,他是多么欣喜啊!可悲的是,这种极度幸福的感受只持续了几秒钟!当凯厄斯转过身来看那条船的时候,他被眼前的一切吓坏了。

甲板上一片骚乱。一股小火苗在甲板上蔓延。船舱里的绝大多数人都在喊救命。水手们从一头跑向另一头,一个个显得经验老到。女人们和男人们站成几堆,被人引导到一个地方,远远地避开充满浓烟的后甲板。船长立刻高声发布命令,以确保扑灭着火点。

局面得到控制之后,才有人注意到漂浮在大海里的凯厄斯,并通知了其他乘客。在大海里折腾很久之后,凯厄斯已是筋疲力尽。两名水手把系在一根绳子上的救生艇扔向海里。这个遭难的男孩使出他最后吃奶的气力,朝救生艇奋力游过去。终于,凯厄斯被人拖回到大的船里,围观的人都鼓起了掌。在营救过程当中,一个矮个子男人帮助最大,他冲过去用一块毯子把

凯厄斯盖起来。

与此同时，从船舱传来一声低沉的金属撞击的声音，与水手们的喊叫声混杂在一起。从轮船开裂的地方，燃油成水柱状倾泻在大海里，染黑的油污带上蹿起了一条火龙。大火最终被扑灭了，船长通知受了惊吓的乘客们说，受此影响，这趟旅行不过延长几个小时而已。

"发生这样的事太荒唐了，"一个身着制服的白头发的男人说，"我的军队在桑托斯港等着我呢。"

"阿维拉少校，我知道您不满意。"船长一边努力让事态平息下来，一边尴尬地说，"我可以向您保证，我们将竭尽所能，立刻采取补救措施。对这起不幸的事件，请您接受我的道歉。我请您享受一顿特别的午餐，希望您不要推辞。同时，当我们修理受损船只的时候，您可以欣赏一下巴西南部圣卡塔琳娜州海岸的美景……"

"不过，到底发生什么事啦？"那个刚才帮助过凯厄斯的男人紧握着一本便签本和一支笔，好奇地问。

"有一只锅炉爆炸了，不过没什么好担心的……"

埋怨声响成一片，淹没了船长低声下气的解释。一个身穿简朴套装的男人头戴贝雷帽，脖子上系着一条方巾，朝人群的中央款步走去。他叫道："我的天哪！"他在空中引人注目地挥舞着胳膊，叽里咕噜说了些什么。

人群发出的抱怨声一直没有停下来，这个意大利人最后完全失去了耐心。"大家安静！"他吼叫道。

乘客们和船员们都不再发出声音。

"现在情况好多了。我们来跳舞吧，怎么样？"那个高兴的意大利人冲着满脸困惑的人群笑开了。他走过去拿他的乐器，乐器放在甲板一个角落里。他招呼他的伙计们，对他们做了个手势，让他们围成一个圆圈。突然，周围响起了一片优美的乐声和水手们个性的说唱声。一种搞笑逗乐的氛围很快在这些围观者当中扩展开来，使得每个人都忘记自己的忧虑。

　　一支魔幻般的塔兰泰拉舞曲①再次响起来。按照这支舞曲的传说，被毒蜘蛛塔兰图拉叮咬后，人们会产生发烧的症状，只有疯狂地跳舞，直至大汗淋漓，才能排出体内毒素。乘客们凑成几对职业舞蹈家，意大利的节拍很快接着响起来。欢快的场面让一个法国乘客吹起了长笛，笛音与巴西水手们的口琴声完美地融合在一起。葡萄牙人的吉他和西班牙人的响板相得益彰。此时，一切都变得更加热烈起来，大家跟着富商巨贾和官僚政客们拍着手、跺着脚。在这些达官贵人的身后，他们的妻子形影不离，脸上露出羞涩和满意的神情。

---

　　①塔兰泰拉舞曲是意大利南部地区的一种民间舞曲，其特点为曲速较快，情绪热烈，为19世纪中叶的音乐艺术创作中常用。

## 第二章 巧破身份

人们继续跳着舞。凯厄斯和其他乘客在一位意大利妇女的帮助下,学习如何迈步和扭动身体。当凯厄斯注意到一个离人群远远地站着的男人拒绝让自己也沉醉其中时,他曾好奇地一度停下舞步。这个与众不同的男人注视着地平线,依靠着栏杆,还在他的小本子上写着什么。他就是那个帮助过凯厄斯的男人。现在他看上去像是被眼前的海景施加了魔法似的,对着风喃喃自语:

"有一种难以置信的东西对这些动人的山景持续不断地施加着魔法,以至于在我眼前展现出它们千姿百态的美景。天气好得不能再好,大海平滑如镜,微风清凉宜人……我们将这样一路穿越,去往里约热内卢。"

当他意识到有人在看着自己时,他把小本子放到了一边。

"喂,年轻人! 你不想继续跳舞了吗? "

凯厄斯没有回答他。

"你可是经历了不寻常的一天啊,对吧? 你经常像这样吗,还是有时候你记得休息一下,喘口气? "

凯厄斯觉得这个人很有趣,于是向他靠了过去。

这个人继续说:"因为一天还没有结束,我只能开始设想你还有一些能耐没有拿出来让人看。我不是一个好赌的人,不过我敢打赌,你经历过很多像今天这样的日子。"

凯厄斯对他的执着皱了皱眉头。

这个看似聪明的人得出了他的结论:"一个非法侨民的人生总是让人兴奋不已。"

"非法侨民?你为什么会这么想……"

"别激动,孩子!我并没有要把你向当局通报的想法,就算我那样做了,对你来说隐藏在这七百名乘客当中也是一件很容易的事。"

"不过,你怎么会……"

"我是如何觉察出来的,是吗?我在这里的忠实伙伴常常会在这些场合下帮我的忙,我有三个不错的理由,证明你可是个来历不明的孩子。"

凯厄斯吃惊地看了看四周,可是附近没有一个人。

这个男人笑了,他继续说:"我指的是一个老朋友,它总是陪伴着我,把我带到这些国家来。它用它伟大的脊背驮着我,让我面对一个可怕的惊涛骇浪的夜晚,一个几乎导致海难的夜晚……它让一个把父母抛在脑后的来自德国的年轻人的一段旅程完美结束……哦,大海啊,我的好朋友!"这个上了年纪的男人试图将他年轻时的情绪抛洒在风里。

他的眼睛好像被闪亮的海水中的什么东西吸引住,开始陷入了深深的回忆中:"在一个伸手不见五指的骇人风暴中,我们这些年轻又勇敢的德国士兵驶入了命运未卜的大海。我们乘坐着蒸汽船,从这些相同的海域穿过,但是在那个时代毫无诱人的海景。狂怒的海浪惩罚着我们突破新的地平线的野心,让我们失去了对船舵的控制。海风猛烈地嘶吼着,当它不知疲倦地企图击垮我们的精神时,我们的桅杆被吹断了。我们找不到灯塔射出的光柱,我们的希望开始随波逐流。

"不过,求生欲不期然地抓住了我们,我们这些德国士兵聚集力量站在

了一起。在临时制成的船舵的帮助下，我们将战栗的蒸汽船驶往巴西南部的沿海城市弗洛里亚诺波利斯。暴风雨将我们的轮船死死包裹住，耳畔的雷鸣就像是阴森怪诞的死亡昭示，让人害怕。那是一个恐怖的夜晚，那是一个将劫后余生打上深刻印记的时刻。如今，我又在这些海域里穿行，但现在我镇定自若，眼前丝毫没有那个可怕夜晚的痕迹。

"我想起了当年风雨同舟的那些同伴们。我尤其记得卡雷斯医生，他从不怀疑自己的能力。他照顾我们，自己却被雨水淋透，完全累得筋疲力尽。这个好心的医生已经过世了。那些好兄弟们，那个夜晚的英雄们，他们都选择了各自不同的人生道路。

"红尘滚滚如车轮，却没法让我和我的那些朋友们再次相聚。现在，我又在这片大海里扬帆驶过，三十四年的光阴却一去不回。在我年轻的时候，我不去想未来的日子。我无忧无虑，我不可能想到那些。在那场暴风雨之后，我将德国抛在脑后，拥抱我新的国家——我在巴西南里奥格兰德州定居下来。大海是一位优秀的伴侣，它用低沉的声音，立即向我道出了哪里会是我新的归宿。我来巴西后成为第二炮兵团的一名炮手，我交了新朋友，组建了一个可爱的家庭。

"今天，在我们的旅途中，如果天空阴云密布，预示着一场风暴的到来的话，我不会因此而泄气。在我年轻的时候，一场肆虐的暴风雨是我的伙伴，好比这片地老天荒的大海。现在我在它的怀里泛舟，而它对我软语温存。"

"是的，大海……"凯厄斯咕哝着，他靠在栏杆上，把毯子紧紧裹在肩膀上，"我也喜欢它的陪伴……我喜欢看着它，它帮助我思考问题。不过最近大海对我没那么友善。我这是第二次从船上掉下去，我的朋友——大海，前后两次它那又深又令人窒息的怀抱让我几乎耗尽全部的气息，要被闷死了。"

凯厄斯的一番话让那个男人笑开了。

"那么，你告诉我，你此前提到的那三个原因是什么？"

"很简单！一个小男孩掉进海里，却没有一个家里人意识到他不见了？一个浑身湿透的男孩子甚至都没有想过在船舱里换一下衣服？还有……"

"还有什么？"

那个男人又笑了，他把手放在凯厄斯的肩膀上，把他的毯子拿下来。"我的这件外套对你来说有点大，不是吗？"

凯厄斯还没来得及做出反应，那个陌生人露着牙齿笑了。他在凯厄斯的背上拍了拍，伸出了手。

"我叫卡尔·冯·科泽里兹。大家都叫我科泽里兹。"

"我叫凯厄斯·奇普。你可以叫我凯厄斯。"

"啊，凯厄斯！我喜欢来自拉丁语的名字，尤其是大家在我面前提到像盖厄斯·尤利乌斯·恺撒这样的伟人。"

"是的。我妈妈之所以给我取这个名字，是因为她研究历史。她对罗马、埃及克丽奥佩特拉七世、尤利乌斯·恺撒有专门的研究……"

"我也是一个历史迷。既然谈到你妈妈，那么她在哪里呢？"

"哦，"凯厄斯试图给出一个老实的回答，"我妈妈已经不在人世了。"

"听到这个消息我很难过。你还有什么亲戚吗？"

"现在我是孤身一人。"

"啊，不过你很年轻，也许你可以很好地利用你的时间。"科泽里兹安慰道，接着他说了一句拉丁语。

"什么意思？"凯厄斯把这句拉丁语重复了一遍，他专心地思考起来，"过去……时间……绝不……逆转……逝去的时光不再回头……稍等，这个翻译有误……光阴一去不复返……"他的眼睛很肯定地闪着光，"我知道了，光阴一去不复返！"

"嗯！"那个男人显出十分欣赏的样子说，"尽管你的拉丁文有些生疏，但是你的思维逻辑看上去挺不错。"

"嗯,我只是尽力罢了。"

"努力去做,这是我两个最好的品质当中的一个。"

"那另一个品质呢?"

"永不放弃。"科泽里兹举起自己的一只手说。

"哦,这我可太熟悉了。如果我跌倒了,我会爬起从头再来的,尤其是当我掉进水里的时候。"

"那就对了,凯厄斯。你妈妈给你取了一个适合你的名字,对吧?你就像尤利乌斯·恺撒,是一名勇敢的战士。"

"嗯,不过我不希望和他同一个下场。"

两个人都笑了,一直笑到一个小姑娘从舞圈里退出来,并走近他俩。

"啊,我女儿来了!"

小姑娘对凯厄斯瞥了一眼,不以为然地皱起了眉头。

"这是我的宝贝女儿卡罗莱娜。"科泽里兹骄傲地说。

"很高兴见到你。"

凯厄斯惊呆了,小姑娘温柔的说话声印在他的心里。她将金黄色的鬓发撩到耳后,露出来的是一张白里透红的脸蛋。她接着说,语气里带着嘲讽的意味:"爸爸,那不就是你丢的外套吗?"

"再也不会丢啦,亲爱的。衣服还是我这位新朋友和新助手找到的呢。"

"助手?"凯厄斯和小姑娘都惊呼起来。

"喂,凯厄斯!你察觉出我是干什么的了吗?"

"你是侦探吗?"

"我不是一个纯粹的侦探。我是一个追究真相的调查者。无论真相在哪,我都要探寻一番,并报告给我忠实的读者。我是一名记者。我的女儿和我一起工作。我们肩负着一个使命——我们要去里约热内卢,把影响德国移民地南里奥格兰德州的诸多问题提交给佩德罗二世并加以讨论。"

"佩德罗二世！你们认识那个皇帝吗？"

"我爸爸曾跟皇室成员一起出行过。"卡罗莱娜努力把她羞怯的脸藏起来，"我是第一次随爸爸出门。"

"那么，凯厄斯，让我们来听听你的意见吧。你看上去像一个独来独往的孩子，太少有了。你让我想起自己年轻的时候。我当时也打算把一切抛开，只听从命运的安排。为了完成这个使命，你愿意成为我们的搭档吗？还是你另有其他计划？"

"啊？"小女孩晶莹的绿色眼睛让凯厄斯不忍拒绝，"当然愿意！毫无疑问！"

三人聊得正欢时，船上的修理工作结束了。乘客们继续他们漫长的旅途。陆陆续续有乘客到达了目的地。一些人在圣卡塔琳娜州的港口上岸。按照这位德国记者的说法，该港口附近散布着一些山丘，被公认是世界上最漂亮的风景之一。一座又一座种植园沿整条海岸线排列，一直延绵到港湾入口处。港口附近的那些道路虽然铺设得很糟糕，但是很干净，一派车水马龙的繁忙景象。

又过了两天多，其他乘客在巴拉那州下了船。安东尼娜这座可爱的港口小城有着延绵的群山，这让卡罗莱娜联想起一派瑞士风光。卡罗莱娜和她的爸爸相信，如果政府投入一些资金修建铁路，这座备受呵护的小城会有一个更好的未来，可以与它的竞争城市巴拉那瓜市一比高下。巴拉那瓜市在同一年曾因为巴拉那州的第一条铁路——库里提巴·巴拉那瓜铁路的落成典礼而荣耀一时。

凯厄斯和他新的旅伴们租了一艘船驶向码头。退潮后，泥沼地暴露出来，引来烈日炎炎下的秃鹫。在科泽里兹的一个熟人罗施先生的陪同下，他们走到罗斯卡姆老太太经营的招待所。这家招待所在德国人当中很受欢迎，因为这里能品尝莫雷蒂斯啤酒的绝顶美味。罗施先生声称这种啤酒是

根治因疟疾引起的发烧的唯一办法，科泽里兹则称之为"真正的国家纯啤"。不幸的是那一天招待所里人满为患，口干舌燥的客人们虽然只能喝上一杯冰啤却也直呼过瘾。

德国记者科泽里兹办的报纸在当地很受欢迎，尽管他努力不让人认出他来，但是很快人们就发现了他。他不得不和读者们花上几个小时，就地区问题和巴西帝国的政策兴奋地谈论着。他们尤其关注城市的饮水供应问题。作为这座城市的唯一水源，卡里奥卡河因1880年佩德罗二世的访问而出名。皇帝在这座城市里休息以恢复精神，他在唯一一个可以获取纯净饮用水的地方喝水。

下午晚些时候他们返回原处，轮船又在绿色的平滑如镜的水面上继续起航了。夜幕降临，漫天的星斗像一件大衣，把一切都笼罩在它的下面。如此又过去了几天，乘客们厌倦了跳舞、游戏，或是给家人写信。他们最终抵达了巴西桑托斯港口的海湾。科泽里兹一直期待喝到的桶装啤酒却已经卖光了。他显然非常失望，只能再次凑合着喝甘蔗酿造的烈性酒。福塔雷萨·达·巴拉是这个地区的一个要塞。一艘从那里驶来的船捎走了在当地任职的阿维拉少校。

在旅途中的最后一个早晨，船上的乘客看到帕拉蒂①海滩令人陶醉的全景。在早上九点吃正餐的时候，他们都看到了塔糖峰②，那是这趟漫长的旅途中最后一个地标。他们还看到了遥远而美丽的科帕卡巴纳海滩，也就是红滩，呈现出一片赤红色；还有佩德罗二世救济院……它旁边的圣塔特蕾莎景区刚好落在那一片风景的最顶上。

---

①帕拉蒂是位于巴西里约热内卢与圣保罗之间的一座美丽的小镇，因其迷人的殖民风格房屋与海边蜿蜒的石街而闻名遐迩。

②塔糖峰是巴西东南部瓜纳巴拉湾入口处的圆锥形花岗岩山峰，高395米，因形似塔糖而得名。

　　轮船在海湾抛下沉重的锚,在此停泊下来。几艘蒸汽小船开过来迎接陆军部长,他是德国记者同船的一个朋友。一支来自要塞圣若奥的乐队为受人尊敬的到访者奏起了欢快的进行曲。负责接待陆军部长的是一位军官,他派出一艘汽船接待科泽里兹一行人,又派出另外一艘专门用于运载他们的行李。

　　虽然科泽里兹的女儿此前已经找了一个搬运工,但是科泽里兹根据他先前几次访问首都时获得的经验,他宁可亲自安顿这些巨大的旅行箱,他的一双眼睛片刻也没离开过那些随行物品。

　　和访问所有港口时一样,科泽里兹总是找来一位电信技工,替他把旅途中的所思所想传回去。他将消息发给他的妻子、另外的三个女儿,以及生活在南部的朋友们。

## 第三章  迷人的观景旅馆

在租赁马车之前，科泽里兹带上女儿和凯厄斯去穆勒·佩兹尔德修道院,它位于里约热内卢市中心的证券交易所前面。记者所有的朋友都对该地区这座美丽的修道院和富裕的教会发表了自己的看法。除此之外,朋友们都很自然地恳求科泽里兹答应让他们尝一尝德国了不起的扎啤——别名是"库姆巴赫出产的牛奶"。热辣辣的太阳让人越发口渴难耐,而桶装冰镇扎啤这次肯定能把先前的失望一扫而光。

凯厄斯和卡罗莱娜利用这个机会,一边好好品尝了冰镇扎啤,一边欣赏繁忙的街市。人们穿过窄窄的街道,从数不清的马车之间快步穿梭,街市上到处都是乞丐和醉汉。

"这里是帝国脉搏跳动的地方。"科泽里兹评价说,他拿起发光的杯子呷了一口酒,"谁要是想搞清楚德国和英国进行贸易的所在地,必须找到与欧维多大街平行的赛巴大街。不过,在欧维多大街这里,你很容易遇到那些管理着国家、引导着舆论的政府要员们。谁要是想了解巴西的治国理政的方式,只需要沿着这条街往前走就行了。通过里约热内卢可以了解巴西,而通过欧维多大街可以了解里约热内卢。"

"里约热内卢很奇怪!"卡罗莱娜注意到来回穿梭的街头小贩,"街边上有很多书店、艺术品商店、珠宝店以及其他卖奢侈品的众多商店。你看那家经营头饰的商店，再看看那些手套！多漂亮啊！这些肯定是欧洲最近流行的款式。"

"我从没见过一家店铺里有那么多琳琅满目的商品！"凯厄斯兴奋起来，他伸长脖子打量着眼前的一家水果店，"我喜欢蜜橘。"

"你说什么？"科泽里兹发现水果的样子很奇怪，"哦，那个呀！在巴西南部，我们叫它佛手柑。"

"爸爸，你看那边的橱窗！"当卡罗莱娜看到一大堆金币和不同国家的一堆堆的纸币时，她难以置信地转动着眼珠，"那是什么店铺？"

"亲爱的，那是外币兑换商店。"

"哇！"凯厄斯惊叹道，"该有多少顾客停留在那里啊，你看到没有？"

"真的！"科泽里兹点了点头表示同意。"那些可怜的家伙们恨不得用眼睛吞下那些金子！"

"店铺橱窗是那么明亮，和这些狭窄又肮脏的大街形成鲜明的对比。这里真是人挤人啊。"卡罗莱娜说。

"女儿，我想用'人山人海'这个词来形容。"

"是啊……"凯厄斯答道，"以后会更糟糕。"

"卖报！"一个男孩子的声音打断了这三个参观者的谈话，"看报，看报！100 里斯！拿好！"

"卖报！"另一个报童尖叫道，"这份报纸好看多了！你买吧，你买吧！看了就知道皇帝的最新消息。"

"《商业杂志》喽！"一个冒冒失失的杂志销售员扯着嗓门喊，"才 40 里斯，昨天最新消息都在里面啦。"

"卖鞋油喽！"

"谁要水果啊？"

"买下吧,先生!"一个穿着短裤、黑不溜秋的赤脚男人跪在科泽里兹面前,坚持要他买,"买彩票吧。您会行大运的。"

"我们走!"科泽里兹立刻决定离开,他把买饮料的一些硬币放在桌子上,"那些卖报的,还有卖鞋油的对我已经构成了骚扰,尤其这个赤脚男人表现得有点过头了。"

"可是,爸爸!我们在这里还没待上几分钟,我甚至还没喝完饮料呢。"

"哦,我的女儿,我向你保证,我们休整好之后会再回来的。不过呢,如果我现在待在这里,帝国首都喧嚣的生活肯定要让我耳聋的。来来往往的手推车和有轨电车没什么,只是这种无休止的嚷叫声会让我发疯。"

"我们去哪里?哎呀!"凯厄斯询问时不小心把桌上剩余的冰镇扎啤弄翻了。

"我们去宾馆。"科泽里兹说,他抓了抓头,"不过想找到去圣塔特蕾莎景区的电车乘车线路可不容易啊。这里的电车通往四面八方。我不相信这个世界上还有哪个城市能有这么多的电车线路。"

"我们要乘坐这些靠骡子拉的电车吗?"卡罗莱娜问,"电车里到处都是人!乘电车去宾馆要花很长很长的时间的。"

"哦,那是唯一一件不够完美的事。"凯厄斯嘟囔道,此时,他注意到附近地区几乎每条街上都有骡子阻塞交通的现象,"除了人挤人,我们还得面对电车排起来的长龙!"

三个访问者坐在一辆电车上,通过电缆继续朝小山的山顶进发。一路上三人欣赏着科尔科瓦多山①上修建的一座电梯。人们将在科尔科瓦多山上修建新的电车线路,以减轻靠畜力运输的繁忙的交通压力。等登上山之后,他们乘坐第三辆由四匹骡子拉的有轨电车,到达了圣塔特蕾莎景区。

---

①科尔科瓦多山,又称驼背山或耶稣山,高约 710 米,位于里约热内卢市蒂茹卡国家公园内。

"这里离市中心不是很远吗？我们会将大量的时间消耗在赶路上。"

"是的,女儿,不过这里至少远离喧嚣的……"

"喧嚣的商店!"小女孩一边回答,一边把手放在下巴上。

"是的,我们离那些诱人的商品就远了,不过我想说的是,我们离危险——威胁整个城市的黄热病①,也远了。"

"那待在这山头上,我们就安全了吗?"

"嗯,据我所知,待在这种环境下还没有一例登记在案的黄热病发生过。"

"那么,为战胜这种流行病,政府采取什么措施了吗?"凯厄斯问。

"尽管政府在扑灭病害的爆发上付出了努力,但是这里的炎热天气和卫生状况却极易促使疫情发展。"

"爸爸,要是我们病倒了怎么办?这种发热可是致命的!"

"你这话是什么意思,黄热病致命吗?"凯厄斯吃了一惊,"在历史的这个时间点上,人们还没找到治愈的办法……"当凯厄斯注意到科泽里兹和他的女儿奇怪地看着他时,他改口道:"在科学发展的当前阶段,是这样吧?"

"你们两个不必担心。"科泽里兹试图让他们平静下来,"里约热内卢的各大医院都很有名,因为它们不但干净卫生,而且到处都是实验室,有着最先进的技术。所有这些成果都是皇帝的功劳。另外,人们还指望着那些医科学生,他们受到了像达尔文②和巴斯德③这些人的影响,脑子里充满了激动人心的新观念。"

---

①黄热病,英语俗称"黄杰克""黑呕",是由黄热病毒所致的急性传染病,是第一个被发现的人类急性病毒性传染病,也是第一个被证实是由蚊类媒介传播的疾病。

②达尔文(1809—1882),英国博物学家、生物学家,进化论的奠基人,出版了《物种起源》这一划时代佳作,提出了生物进化论学说。

③巴斯德(1822—1895),法国微生物学家、化学家,第一个研制出狂犬病疫苗和炭疽疫苗。

"我不知道我们是否安全。"凯厄斯说。

"你确保没事吗,爸爸?"

"嗯,我想人们最好是借助这些优越的医疗条件,努力防止染上黄热病。因为我知道一年当中的这个时候,所有的医疗机构都人满为患,成百上千的可怜人都在等着预约门诊。"

在余下的行程中,卡罗莱娜依然绷紧着神经。不过当她一看到山顶上的宾馆后,她紧张的情绪就荡然无存了。宾馆建造得像是瑞士山地三层楼的农舍式建筑。走进宾馆里的房间,墙壁被粉刷得一片雪白,上面装饰着里约热内卢的风景油画,这让卡罗莱娜大为惊讶。

凯厄斯躺倒在软绵绵的床上,床上铺着绣花的白色被子。但是好奇心驱使着他又站了起来,走近安着百叶窗的一扇玻璃门。推开玻璃门,最令他吃惊的事情出现了:那里隐藏着一个木制的阳台。美丽的海景——海湾里绿色的海水以及海湾周围茂密的原始森林,在阳台上都可以一览无余。卡罗莱娜的一双眼睛饱览着海景,她和凯厄斯一样让玻璃门完全敞开着,她对室外的每一个角落都要东张西望一番。

从这间小房子里朝远处看,尼泰罗伊整座城市以如梦如幻般的色彩呈现出它19世纪末的尊容。伊卡拉依海滩和海滩上瑞士山地农舍式的建筑是那么美丽。海湾入口处的要塞、塔糖峰和科尔科瓦多山,以及里约热内卢周边尚未被人类染指的一切自然环境是那么打动人心。海湾里停泊着几艘船,其中还有一条捕鲸船。它从里约热内卢海岸经过,刚刚又捕获了一条鲸鱼。轮船的附近是一群海豚,它们不断翻腾着身体,像芭蕾舞中的皮鲁埃特竖趾旋转着。大型的美国工程蒸汽船从里约热内卢渡海来到尼泰罗伊城。

"哇!"凯厄斯,这个来自未来时空的男孩张着嘴巴说,"我从来没有想过会是这幅景象!旧貌与新颜,真是天壤之别啊!"

来自森林的洁净空气让小女孩卡罗莱娜想起了南里奥格兰德州的记

忆。她注意到这里有带热水的私人浴室、淋浴设备、电话、电蜂鸣器以及和蔼体贴的仆人——周围的一切都是那么时尚和现代化。这时,卡罗莱娜越发惊讶不已。

"你喜欢吗,宝贝女儿?"科泽里兹拥抱着女儿问。"我之所以只住这家酒店,是因为这里的价格合理,而且在这里我能见到我的朋友们——他们都是作家和记者。不过,我必须承认,这个地方最感动我的是……"

"我知道,爸爸!"女儿打断了他的话,她给他一个紧紧的拥抱,眼睛一直都没有从美景中离开过。"我同意你的看法。最打动你的是这一片土地,这里的风景简直太美了!"

"嗯……"科泽里兹一时插不上嘴,"其实,我亲爱的女儿,我想说的是这家宾馆的啤酒要多少有多少,这可是我们待在这里的一个重要原因。"

时间不停地过去。当科泽里兹招呼凯厄斯的时候,他正在娱乐室里玩游戏。

"我们该走了吧?"

"该走了?我们去哪里?"凯厄斯问。他和一个德国小男孩放下手中的西洋双陆棋游戏。这个小男孩在他爸爸滞留里约热内卢期间一直在这里。

"我得利用下午晚些时候的这段时间去铸币厂,然后去政府部门预约一个让佩德罗二世召见我们的机会。"

"我们去铸币厂干什么?"

"铸币厂是我们巴西南部地区的专门机构,由杰出的工程师索布拉吉博士主导生产。自从我告诉他我要来拜访之后,他等我等了好几天了。但愿我安排要做的事情样样都能落实,因为我没有太多时间待在这座城市。我必须尽快回到我们美丽的南里奥格兰德州。我不能抛下我的报纸不管。"

"没人在报馆留守吗?那里没有负责人或其他记者吗?"

"凯厄斯,站在你面前的这个人所担当的角色有负责人、创始人、新闻

记者、作家、印刷工人、译者、插图画家,有时候甚至是清洁工。"

"这么多角色!"

"嗯,只有分发和销售的工作我没有干过。我把这些活儿留给我的合伙人和工人。现在,我们可以出发了吧?"

"卡罗莱娜呢,她不和我们一道去吗?"

"我尽量避免让她去。她要是也跟着去的话,我口袋里的钱就保不住了。"

"为什么?"凯厄斯非常好奇。

"这里住着四十多万人口,虽然有武装犯罪的情况不是那么多见,但是……"德国记者深吸了一口气,接着说,"但是,在面对一些更为恶劣的犯罪时,我们会束手无策。"

"你指的是什么?"

"该死,凯厄斯!我讲的是那些做生意的人!"科泽里兹看上去真的忧虑起来。

"什么做生意的人?"

"你没有看到他们吗?今天你不是见到了欧维多大街了吗?去政府部门的话就得沿着欧维多大街以及赛巴大街……这些街道很可怕,我的孩子!那些可恶的商店太诱惑人了。你没有看到卡罗莱娜当时蠢蠢欲动的表情吗?到目前为止,我是那么幸运。你可以设想一下,要是她知道了巴黎圣母院会怎么样?"

"你说的巴黎是什么意思?"

"我说的是巴西最大的商行,也许甚至是南美最大的。"

"有那么大吗?"

"整幢大楼都是。该商行面朝欧维多大街有一个入口,通过圣弗朗西斯科广场有其他的入口。那个地方可大了。每一片区域都有该片区的管理者和出纳员,那是一个组织严密又无比奢华的地方。我记得我在那里的时候,促销小姐身上散发着巴黎最新流行的香水气味,我得努力让自己摆脱它的迷惑。我现在都还不清楚当时我为什么晕头晕脑的,是不是因为那个气味呢,还是因为那些着了魔似的顾客所发出的噪音?"

"听起来还行呀。我们仅仅只是路过一下,总没事吧?"

"你瞧!"科泽里兹提高了他的嗓门,"在这个世界上,你们年轻人是最容易上钩的,毫无拯救的希望。如果卡罗莱娜发现了那些诱惑的话,我逃都没法逃。我兜里的钱将一文不剩!"

"你反应过激了!"

"没有,一点也没有。你不知道这座城市是个什么样子。从博塔弗戈到市中心,整条路上都是用巨大的字母打出来的巨幅油画广告。那些诱惑人的广告词只需瞄上一眼就会让人着迷:'这些珠宝不看不知道!''扫货——巴黎新货!'还有,'没钱?开通赊账额度。'"科泽里兹为这些事而焦虑,让凯厄斯觉得很好笑。"该死!我必须让卡罗莱娜远离这些诱惑。不这样不行啊!她是从一个小城市里走出来的。尽管她有教养,很聪明,但她仍然不知道该如何避开这些陷阱。"

科泽里兹用他绷紧的手指敲打着墙壁。在没有表情的科泽里兹面前,凯厄斯有那么一阵子变得一筹莫展。

"你怎么了?我们走吧?"德国记者用一种更加平静的语调鼓励他,"以防万一,我只带了400里斯。这点钱买电车票应该够了。当然,我会多拿几块钱,给自己买一两杯啤酒,给你买一罐饮料。我们走吧!"

第四章　访问巴西铸币厂

　　两个访问者在桑塔纳营地附近下了拥挤的电车。在绿草如茵的花园和参议院之间现出一幢用花岗石和大理石砌的大楼。几分钟之后，一个戴着单片眼镜的秃顶男人，在一间装饰着漂亮的水晶吊灯的房间里恭候着他们的到来。

　　"你好吗，索布拉吉博士？"索布拉吉博士正在弄直衣领，德国记者朝他伸出手去。

　　"科泽里兹，我终于等到您大驾光临，不胜荣幸。"

　　"我亲爱的朋友，有幸一睹尊容，这都是我的荣耀。这个地方在您的主持下成了一个模范机构。"

　　"你们来得正是时候。"当索布拉吉博士注意到凯厄斯时，他扶了扶单片眼镜，"这个男孩是谁？"

　　"这是我的助手，他叫凯厄斯·奇普，最近都是他在帮我的忙。刚才您说我们来得正是时候，"科泽里兹表示，"发生什么新鲜事了？"

　　"我们正打算对新推出的面额为 25、40、50 和 100 的邮票做最后的一些修饰处理，加上其他的铸币，很快就要流通发行了。"

　　"您这是把新消息透露给了我呀！"

"绝对是最新的消息。我知道你是那么喜爱我们的工作,所以我特意为你留了不多的几枚纪念章,包括反映您举办的展会情况的那一枚。"

"太棒了!我的那枚纪念章被我弄丢了。"

"纪念章上反映的是什么展览?"凯厄斯问。

"巴西·德国展,"铸币厂厂长说,"这是在巴西举行的首届世界性的展览。这个展览在阿雷格里港举行,内容包括农业、工业、贸易,目的是促进贸易和发展经济。展会上展出了德国和巴西两国的产品。科泽里兹想把巴西产品推向德国市场,同时也把德国制造的产品介绍给巴西人。这是一次很好的尝试!"

"真的?"

"是的,我们还想推出反映展会上一显身手的艺术家们形象的纪念章。那些艺术家在展会上展示了自己的作品:油画、绘画、雕刻、摄影,以及细木工工艺、车削工艺和本土手艺。"铸币厂厂长说。

"不过您刚才说的'这是一个很好的尝试'是什么意思?"凯厄斯问。

科泽里兹向他解释道:"最佳参与者将被授予索布拉吉博士说的这些纪念章中的一枚。不过该颁奖活动导致了意见分歧,并以惨烈的火灾为终结。"

"有人死亡吗?"

"没有。不过,夜晚纵火是犯罪行为。我损失了我的很多藏品,比如涉及动物学、植物学、矿物学方面的收藏。"

"令人遗憾的损失!"

"我不明白为什么有人对我有那么多的怨气。"科泽里兹遗憾地说,"也许,那是针对德国移民的一种反应。可是为什么要针对我呢?我对巴西是如此痴迷,我尊敬对这个国家的文化做出巨大贡献的所有人。我从来也没有把血统的重要性当作一回事。我和一个农村姑娘结婚,她是一个地地道道的巴西人,我们生育了四个女儿,个个我都喜欢得不得了。我为德国移民完

全融合于巴西社会而战斗，是那些斗士中的一员。遗憾的是，一些德国移民不想融入到巴西社会中去，而一些当地人也激烈反对新来的移民。这些人有时候会采取暴力对抗。不过，我们还是换个话题吧，我不喜欢谈论发生在久远的历史上的事情。"

"你说得对，我的朋友。我们走吧！"铸币厂厂长指着通向楼上的楼梯说，"我想把我们最值得骄傲的东西展示给你们看。我们走！"

走上楼梯后，他们走进一间房间。房间里有一幅人物肖像油画和一尊佩德罗二世的半身雕像。他们从那里进入一间房间，里面展示的是不同时期来自所有国家的硬币和奖章，藏品数量十分惊人。

"哇！"当凯厄斯看到放在一块红色天鹅绒布里的一排金币时，他惊叫了一声，"这些金币来自古希腊和古罗马时代吗？"

"这部分的金币来自台比留皇帝摄政时期。"铸币厂厂长解释说，"另一部分来自克丽奥佩特拉统治时期和亚历山大大帝在位时期。"

"哇，亚历山大时期的金币看上去是那么不一样！"铸币厂厂长和科泽里兹在听到他的评论之后都是一脸的惊讶，凯厄斯并没有意识到他们的感受。凯厄斯继续参观藏品，他在一个地方碰到佩德罗一世时期背面是光秃秃的藏品纪念币。

"这种造型设计非常罕见。"铸币厂厂长说，"这是加冕礼纪念币，面值6400里斯，是佩德罗一世于1822年为纪念他的加冕仪式用金子铸造的。接下来在1824年的硬币发行期间，他们没有继续铸造这种纪念币，因为人物的肖像造型——裸露的胸脯和出现在耳朵后面的两条金色的带叶小枝，没有讨得爱慕虚荣的皇帝的欢心，于是只铸造了64枚就让它们退出了流通。也许，现在世界上大约仅存15枚。这是巴西铸造的最有价值的硬币，每一枚都值一大笔钱。"

"这些看上去像一本集邮册。"凯厄斯看到一排硬币。硬币上有佩德罗二世少年时代的造像,以及此后各时期直到他长须飘飘时的造像。硬币的旁边是邮票,上面印的是巴西帝国不同历史时刻的场景。凯厄斯注意到和其他邮票分开的套票:"这些设计简单的邮票为什么会这么重要呢?"

"因为巴西是继英国之后世界上第二个发行邮票的国家。你看到的那些套票是 1843 年印制的,这些邮票被称为'牛眼',在业内闻名遐迩。票面图案的确非常简单,仅仅显示了邮票的面值 30、60、90 里斯。巴西当局最初的想法是在邮票上印上佩德罗二世的肖像,但是因为考虑到那样做会贬低陛下的形象,所以就放弃了。然后当局选择了最简单的解决方案。如今,在国际市场上,这些邮票对集邮者来说都是稀世珍品,其历史价值非同一般。因为这些邮票都非常罕见,尤其是面值 90 里斯的邮票,只有它可以作为国际间的邮资使用。"

"哇!这些邮票比我收藏的全息卡片更有价值。"

"卡片!"索布拉吉博士很吃惊,"这是某种明信片吗?"

"嗯,不完全是。最适合游戏时使用。"

"是某种纸牌游戏了吧?"科泽里兹猜想道。

"没错。"凯厄斯笑了。

"太可怕了。"

"有什么问题吗?我的朋友们都在玩那种游戏。"

"真不幸!"铸币厂厂长摇了摇头,表示不赞成,"年纪轻轻就已经陷入赌博了。"

现在,铸币厂厂长把两个参观者带到一个大车间里继续参观,车间里到处都放着熔炉。有一个沸腾的锅被吊起来,脸上、胸口上抹着黑黑的煤灰的工人在操作着这口锅,并随时动用一大批风箱和吊钩。

在一间暗室里,暗红色的熔融状的金属液体被倾倒并蔓延出来,那情景在凯厄斯看来像置身于地狱一般。旁边放着一台烟气抽取机,在另一旁,

赤红色的金属条从机器里走了出来。冒着烟的金属条滑入另一台机器之后，变成一片片圆形的金属体。新硬币在流水线上继续迈向下一道工序，进入三十台压花压力机中的一台，进行下一步的造型印制。

"给，收下吧！"骄傲的铸币厂厂长给凯厄斯和科泽里兹一个刚出炉的镍币，"这是我们用最先进的 24 马力蒸汽动力机制造的一个馈赠币。"

"这些机器都是进口的吗？"

"不是的，科泽里兹。所有的机器都是铸币厂自己生产的。在庆祝美国独立一百周年的 1876 年费城展会上，我们制造的压花机当中有一台还荣获了大奖呢。"

"你说的是皇帝得到电话的同一展会吗？"

"正是。"

"这个话题我的读者会很感兴趣的。这些新产品将会受到追捧！"

"你们还没看完这里的每一样东西呢，我的朋友。我们需要看看制造机器的工作室、安装部、锻造车间、化学实验室，以及和我们若奥六世时代建设的重量、长度计量室。"

"要花一整天时间才看得完。我担心时间不够，因为今天我要去一趟政府部门。"

"太遗憾了。本来你还可以在邮票生产车间看到邮票的印制，以及我们铸币厂最好的设计师设计的平版印刷的邮票。不过，你得趁早走才是，因为政府部门轮班工作，他们下班得早。这个请收下！"铸币厂厂长把手伸到西装口袋里，从里面掏出一只缠着金色丝带的绿色的天鹅绒袋子，"你们收下这些纪念章吧，作为这次访问的一个纪念品。我会在这里等你们回来，把我们更多的工作成果展示给你们看。"

"我会再来的。"德国记者笑了，"盛情难却，但愿我有时间接受您的邀请。"

　　两个访问者在最不该道别的时候告辞了。暴风雨掠过城市，半小时之内街道上就出现了积水，有一个成年人的膝盖那么深。电车停止了工作，拉车的骡子和车厢在积水里进退两难。两人陷入孤立无援的困境，科泽里兹越发哀叹起自己糟糕的运气。最后，他们决定打破这种孤立的状态。他们被逼徒步爬山返回宾馆，也因此遭遇了一场可怕的大雨。

　　凯厄斯和科泽里兹又饥又渴，疲惫不堪。他们在宾馆大门口处遇到了十分惊慌的卡罗莱娜。

　　"爸爸！这是多么恶劣的天气啊！你们没事吧？"

　　"宝贝，我好着呢。别担心我们。"

　　"你需要一杯热饮料吗？"女儿体贴殷勤，帮着爸爸把满是积水和泥浆的鞋子脱下来。

　　"我不必了。不过，你可以给可怜的凯厄斯拿一杯热牛奶。"

　　"我还会拿些干衣服来的。你看一下你的白裤子吧，爸爸。"卡罗莱娜努力除去薄薄的衣料上的大块泥浆。

　　"随它去吧，宝贝，我的裤子……哦！这是我最喜欢的一条裤子！没救了。不过没关系。我有更紧急的事情。电话在哪里？我得告诉部长我无法赶到他那里。"

　　"打不通的，爸爸。电话也哑了，没声音。"

　　"什么！哦，坏了！怎么会这样呢？才下了这么点雨，就把皇城搅得秩序大乱了吗？哦，我多么想念我的祖国！"

## 第五章 国家图书馆的秘密

从前一天的大雨中恢复过来之后,科泽里兹带上凯厄斯去参观位于大众路前面的一幢四层大楼。佩德罗一世和佩德罗二世的雕像矗立在大楼开阔的入口处,它们和置于壁龛里的若奥六世的半身像一样,日复一日地迎候着来访者。

"这是什么地方,科泽里兹?"

"孩子,这是我最喜欢的一个地方,它让我与里约热内卢这座城市和睦相处。你将走进珍藏着许多稀世珍宝的国家图书馆,领略不同时期、不同地区的历史文明。"

正当科泽里兹对凯厄斯做介绍时,从楼上下来了两个人。德国记者很快满脸堆笑地朝那两个人表示问候。

"哎呀,我的好兄弟! 真高兴又见到你们啦。"

"你还好吧,科泽里兹?"那个穿深色西服的男人蓄着白胡子,和德国记者一边握手,一边问。

"我很好,卜卢姆博士。"

"你气色这么好,真让人高兴。"第二个人问候说。这个人细瘦的个儿,棕色的头发里夹杂着一些白发。他努力让鼻梁上的小眼镜不掉下来,可是,眼镜总是不停地朝下滑。

"谢谢你,特谢拉。见到你我也很高兴。"科泽里兹面带微笑,高兴地说。

"这个年轻人是谁？"卜卢姆博士在向他们相互问候时不停地打量着凯厄斯。

"哦,我差点忘了！"科泽里兹抓住凯厄斯的肩膀,让他站在两个人的面前,"卜卢姆博士、特谢拉·德·梅洛,这个孩子是我的助手凯厄斯·奇普。我把他带到这里来,是为了让他了解一下自始至终给我留下深刻印象的国家图书馆。"

"你来得正是时候。"卜卢姆博士说,"你还记得上次你来时我们这里的样子吗？当时图书馆馆长拉米兹·卡尔旺和我差不多都要崩溃了。好些年来,数不清的盒子都是那样敞开着,由于缺乏时间和专业人员加以整理,我们就把它们丢在角落里。"

"记得,记得！"德国记者点着头说,"看到那些印出来的东西像被丢弃的旧衣服一样躺在地上,我感到非常遗憾。"

"五十年啊！"特谢拉叹息道,"五十年来那些盒子都没有得到妥善的收藏。对于书籍、图画和其他精致又悠久的艺术品来说,还有比它们的天敌——飞蛾和潮气更糟糕的东西吗？这些藏品的艺术生命离彻底毁灭只差一步。"

"好可怕啊！"卜卢姆博士深表遗憾,"由于保护不当,所有这些东西差不多都遭到了毁坏。"

"可是,这我就不明白了。你刚才不是还说我来得正是时候吗？"科泽里兹很惊讶。

"哦,我亲爱的德国老兄,刚才我们只是在回忆那些噩梦。不过现在我们的理想实现了,我们感到很高兴。最近几个月,我们最终检查了盒子里的物品,你会对我们的发现感到难以置信的。"

"快点告诉我！我都快按捺不住我的情绪了。"

"百闻不如一见。"卜卢姆博士笑着卖了个关子，"来吧！你们亲自去看看我们试图恢复的东西是什么吧。"

卜卢姆博士和特谢拉很有礼貌地对科泽里兹示意往梯子的方向走。在科泽里兹的眼里，那些梯子高不可攀。

真相终于出现了！在那四个好奇的人的正前方，有一间对参观者开放的展厅。在这间装饰精美的展厅里，所有那些曾经被人看不上眼的藏品都被完美地展现出来。在豪华而宽大的书架上，摆放着一些编目图书。书呀、图画呀，展厅里有几千件藏品，参观者们安安静静地来回走动，仔细观赏。尽管人们觉得这幢大楼的空间绰绰有余，但是几乎还容纳不下放在那里不计其数的图书。

凯厄斯张着嘴巴，吃惊地从展厅里穿过。展厅与其他几十间小房间相通。凯厄斯四处张望……他意识到自己被各种语言、各个时代的书籍包围着。凯厄斯从特谢拉那里得知，他眼前的那两部印在羊皮纸上的《圣经》出版于 1462 年，这让他的印象尤其深刻。这些书是在德国美因茨印刷的第一版图书，在出版社商标里包含了这些信息，和书中旧有的版本目录记载的一样，上面有约翰·富思特和彼得·舍费尔的名字。这两个人是古登堡印刷厂的前债权人，他们接管了印刷术发明者的工厂。那一年世界上仅存 30 本古登堡《圣经》。

在另外一间玻璃陈列橱窗，德国记者被 11、12、13 世纪的手稿吸引住了。这些丝质般柔软的羊皮纸手稿非常单薄。鲜艳的颜色，用光亮的黑墨书写出来的笔迹，还有用花饰字体装饰的单词的首字母让科泽里兹留下深刻印象。在参观人数最多的展区，展示的藏品是古老的图表和地图。

在另一个书架上，卡蒙斯写的《卢济塔尼亚人之歌》第一版，与纪念最后一位伟大的葡萄牙诗人诞生 100 周年的精装版一样，都是那么引人注目。展品当中的书写在莎草纸上的希腊、埃及、罗马的古抄本让两位参观者激动不已。

在另一间房间里，发现巴西这片土地的故事以木刻的形式展现出来的作品。最吸引人们眼球的是130卷本的《世界大剧院》，由地理风光、史实、图表等汇编而成，其内容涵盖自希腊罗马帝国时代开始直到今天的各种事件。

科泽里兹兴奋的眼睛从一些卷册中扫过。一幅幅描写葡萄牙公主卡塔里娜和英国国王卡洛斯二世的婚礼场面的画作吸引了他。每一页都能让人觉察到时间的流逝，这让科泽里兹觉得自己也好像成了婚礼宾客中活生生的一员。在里斯本的节庆期间，有一个德国人载歌载舞，伴着风中翻飞的披肩，他在欢迎英国舰队到达塔霍河，欢迎登上轮船的新娘。再往下看几页画，科泽里兹看到新娘到了伦敦，当地的人们朝她欢呼。如果再翻看另外几页的话，就会看到新娘和新郎坐在一辆装饰着鲜花的敞篷马车里，向每一个人发出问候——这个欢庆场面让他感到振奋不已。

当凯厄斯走近德国记者时，他看到记者的眼睛里含着泪水。

"你没事吧？"

"真的是太棒了！"科泽里兹嘴里应着，眼睛却没有离开最后的那几页，"阅读一遍所有这些珍品，估计要花几个月时间。"

"太丰富了！这里的藏品有20万件甚至更多。我不知道……这些都是怎么弄来的？"

"哦，凯厄斯，这得归功于皇室。"科泽里兹朝凯厄斯转过身来说，"当若奥六世逃离拿破仑的军队避难于此时，他是仓皇之间离开里斯本的，他的很多私人物品被打包成几千个盒子，被丢在港口。当他在里约热内卢安家生活了两年之后，他们最终才设法将那些盒子搬上船。"

"这些盒子当中的一部分就是卜卢姆博士和特谢拉所提到的。"

"真不少！"德国人笑了，"你可以想象一下，被抛弃的物品当中包括6

万件珍贵的东西：书籍、图画、地图、硬币、盾牌……"

"太酷啦！"

"真的很酷，因为还没有一个地方能容纳得下这些东西，人们得临时腾出一片场地出来。这些东西在被转运到建造在医院的地下陵寝里的皇家第一图书馆之前，人们腾出卡梅尔女修道院医院的一间又一间房子，用来放置这些盒子。由于藏品数量不断增加，图书馆就从地下陵寝搬到这幢大楼里来了。"

"就算是这幢大楼也无法放下这么多数量的书籍，对吧？"凯厄斯一边打量着藏品，一边问道。

"没错。我相信会在一个更合适的地方建造新图书馆的。我只希望在将来，还会有像卜卢姆博士那样献身于图书馆的人出现。你设想一下吧！这些珍宝如果处置不当的话会被损毁的。这些可怜的图书啊，它们已经受够了折磨。"

"哦，你放心好了！"凯厄斯说，"人们肯定会修复那些受损的图书的，一切都会以数字化的方式得以保存。"

"你说的数字化的方式是什么意思？"

凯厄斯还没来得及解释，这时卜卢姆博士和特谢拉回到了两个参观者的身边。

"很抱歉，我的朋友！"特谢拉对科泽里兹说，"闭馆的时间到了。今天的参观就到此结束了！"

"到点了？"科泽里兹看了看他西装小口袋里的钟笑了，"时间过得好快啊。我们还能再多待上几分钟吗？"

"要不是有展厅规则的话，我本可以答应你的。可我们必须在下午两点关门。"

"没关系！"科泽里兹深吸一口气，慢慢合上书，好像在把书放回原处之前还可以多看上那么几秒钟。

"别放在心上，科泽里兹！"特谢拉一边笑着安慰他，一边把他手中的书拿下来，"我们还会在这里见到你的，到那时候我们还有机会把你还没看过的每一样东西都展示给你看。"

"和往常一样，我将尽一切可能再来看这部讲述'时间机器'的书。这里有太多值得学习的东西了……"

"我的朋友，除了这里，你找不到一个更好的地方能让自己在历史岁月中旅行。"特谢拉说着将那本书放在展厅一角的桌子上，"我在这里没完没了地看书，从来没有觉察时间在悄悄溜走。除非有人把我从书中唤醒，跟我不得不遗憾地打断你是一样的，我亲爱的朋友。"

科泽里兹走到桌子旁边，他抚摸着书的封面以示告别。正当科泽里兹离开桌子时，离他很近的凯厄斯发现一张纸从一只隐蔽的抽屉的裂口里滑了出来。

"喂！"凯厄斯问在场的三个人，"这里面是什么东西？"

"奇怪！"卜卢姆博士走近凯厄斯，"我还不知道这件家具有抽屉呢。"

"让我看看。"科泽里兹一边请求，一边轻轻地打开抽屉。渐渐地，四个好奇的男人的脑袋朝那不可思议的发现聚去。

"会不会是那个呢？"德国记者一边说，一边把一张画着一位妇女头像的稿纸轻轻拽出来。"这看上去是意大利的著名画家……"科泽里兹瞄准稿纸的一角，"你瞧！是的！是他的签名！落款是拉斐尔·圣齐奥①！"

"真令人赞叹啊！"卜卢姆博士拿过画稿，核实了签名，"真是一大发现。"

"卜卢姆博士，我认为你最好看看这个。"特谢拉一边检查抽屉的底部，

---

①拉斐尔·圣齐奥(1483—1520)，意大利画家、建筑师，与列奥那多·达·芬奇和米开朗基罗合称"文艺复兴三杰"。其作品以"秀美"著称，代表作有《西斯廷圣母》《雅典学院》等。

一边指给他看。

"太精彩了！"卜卢姆博士屈膝靠近那件家具，惊叹不已，"里面有几百件由拉斐尔、圭尔奇诺、佩扎罗扎、雷尼和其他绘画巨匠的手稿和画作。这真是一个了不起的发现！"

"凯厄斯！"科泽里兹紧紧地拥抱着他的助手，"我可没告诉过你这里保存着珍贵的东西。今天，我们真的算是来寻宝了。我们发现了宝贝！我们发现了宝贝！"

这个大发现让所有人兴奋不已。闭馆后，科泽里兹还在国家图书馆前面的公众休闲场所徘徊，他满面红光，两眼发亮。

和桑塔纳营地不同，公众散步休闲场所要小一些，历史久远一些，修建时也没花那么多钱。这里古树苍虬向行人展示着它们至高无上的地位。林荫道上栽满了芒果树、木菠萝、面包果树和蒲桃。河流、喷泉、水渠让当天的炎热有所缓解，一座有人工岛的湖泊成为舞姿蹁跹的天鹅们的舞台。有的人在巨大的棕榈树的浓荫下嬉戏，有的人躺在鲜嫩的绿草坪上，五颜六色的花朵散发出甜美的梦一般的香气。

那些出自大自然之手的活生生的水彩画让凯厄斯和科泽里兹非常高兴。只有面朝大海一侧的大理石台阶以及散布在不同角落的半身雕像和塑像，会让他们留恋国家图书馆那片小小的天堂。他们被台阶吸引住了。站在台阶上可以眺望绝美的海景，大自然没有让他们失望。当全景展现在游客眼前时，人们不能相信自己所见的一切。他们仿佛看到了西班牙超现实主义画家达利笔下顽皮的波浪在翻滚，将泡沫抛到了台阶围栏的附近。

海湾像是一面镜子，红橙色的落日和无数的星星在细小的波浪中闪耀。呈现在两人眼前的是这样的一幅图景：来自世界各地的轮船上的桅杆在港口密密麻麻地矗立着，左边是圣班托的女修道院、蛇岛，前面是尼泰罗伊市，更远处的后方是帕克塔岛、总督岛和花岛。

　　这是一个能见度极佳的天气,能看见奥根山,山顶上是皇城佩特罗波利斯。右边是格洛里亚、卡特蒂、博塔福戈、狮子广场,直到红滩和塔糖峰,它们的全貌都清晰可见,呈现出一幅巴西特色的水彩画。夜幕降临之后,街道上的煤气灯亮了,但是灯光遮不住满月洒下的银色光辉。天空中有泛着星光的薄纱一般的轻云,写满了诗情画意,与伟大的印象派画家笔下的壮观景象不相上下。

第六章　可爱的艺术家朋友

　　夜幕低垂,科泽里兹带着卡罗莱娜和凯厄斯去了帝国剧院。当他们一路走去的时候,凯厄斯觉得自己身上的老式记者服装总是别别扭扭的。那衣服是卡罗莱娜匆忙之间为他改制的。衬衫的领子让他感觉呼吸困难,裤子总是往下滑,裁剪讲究的外套的袖子滑下来遮住了他手指……而最令他无法忍受的是,卡罗莱娜总在帮他整理凌乱的头发。

　　当他们到达剧院时,记者科泽里兹很快意识到今天他没有那么幸运。在不久之前与参议员会面的时候,他过于激动,以至把入场券与文件混在一起,忘记带出来了。他们三个人在门边站着,希望皇帝能认出他们。

　　最初出现的是跃马在前的开路官和挥舞着军刀的一队骑兵。紧随其后的是一列号称"世纪起点"的马车队,黑皮肤的马车夫穿着过时的衣服。

　　在剧院大门的入口处,乘客从一辆接一辆的马车上款款走下。头一拨下来的是贵族和贵妇人,以及他们的管家和侍女,其余的马车载着皇室成员。一起来的还有伊莎贝尔王妃,跟在她身后的丈夫特奥伯爵衣着简单,衣服上只点缀着几颗珠宝。

　　科泽里兹注意到,自他上次访问宫廷之后,那些贵妇人都变老了,她们脸上的皱纹比以前更深了。在更前方,他们看到一辆比前面的那辆更加破旧的车。车上载着一位白发苍苍的女皇,她炫耀着自己最值钱的宝贝——她的那串无人不知的钻石项链和一顶嵌着宝石的皇冠。这位身份显赫、雍容华贵的女人,慈眉善目里隐藏着疲惫。两个仆人伺候着她走出马车。

司仪终于宣布最后一辆马车也来了。这辆马车被修葺一新,由可爱的马儿拉着。马车上装饰着一顶银色的皇冠。坐在马车上的国王陛下穿着很厚的绿色天鹅绒披风,上面镶嵌着犀鸟羽毛。他的到来并没有引起大家的骚动或者掌声。国王陛下弓着背,年龄的负担、对国事的忧虑仿佛都压在他的背与肩膀上面。

科泽里兹立刻从安全卫队中挤过去,试图接近国王陛下佩德罗二世。司仪把他拦住,科泽里兹努力请求侍从把他的话带给国王。

"陛下有旨……"那个棕黑色皮肤的仆人轻轻喘着粗气说,"陛下邀请阁下于明天去植物园会面。"仆人说完立刻返回到队列中,消失在那些卫兵们中。

记者科泽里兹只得听命,他想返回圣塔特蕾莎景区,但是卡罗莱娜却坚持要在市中心逗留。她可不想错过穿戴上最新款手套的机会。那是一双用 25 颗纽扣扣合的完全可以覆盖住她的胳膊的手套。此外,卡罗莱娜更要炫耀一下她爸爸用分期付款的方式从"魔鬼商店"里买来的新裙子。尽管科泽里兹把要回去的道理解释得很清楚,但年轻人几乎失去了理智。好爸爸拗不过女儿的请求,他陪伴着他们去位于鲁阿·多·欧维多的一家有名的面包点心店。

德国记者一杯生啤下肚后精神大振,这时凯厄斯把甜蛋糕和冰激凌混在一起,卡罗莱娜陶醉在面包点心店前拥后挤的人群中。他们没有一个人注意到这时过来三男一女,走到了桌子的旁边。

"你好吗,我的朋友?"一个棕黑色皮肤的男人寒暄道。这个人蓄着又长又密的胡子,穿着一身深色的套装。

"你好吗,索萨?"科泽里兹站起身来拥抱他,"索萨,你在宫廷里干什么?公众论坛怎么样?"

"我希望大家都好。"诗人索萨一边回答,一边朝卡罗莱娜点着头,"这么说,我的好兄弟,你还不了解我注定的命运吗?"

"你指的是什么?"卡罗莱娜好奇地问道,有礼貌的侍者在餐桌上此刻放了一盘各种各样的咸味点心。

"我跟着朱丽叶塔·多斯·桑托斯大剧院的人一起漂洋过海,来到南里奥格兰德州。我的角色是一个剧院的旁白——也是剧院的一种干事,不过我也在一些诗歌朗诵会上抛头露面。接下来我又出发了,我去了巴西北部。在巴伊亚,我作为伟大的废奴主义者受到人们的拥戴。现在我准备和我的朋友维尔吉利奥·瓦尔泽亚一起出版我的散文诗歌集。"

"那是一个天大的喜讯!"卡罗莱娜笑着说。

"我还是一家报纸的主编。"

"真不错!"科泽里兹说,"这份报纸肯定会成为街谈巷议的对象。"

"老兄,它开始引起人们的注意了。"

"不过,我看得出你的心情不是太好啊!"卡罗莱娜坚持说。

"没有,卡罗莱娜。我仍在努力接受发生的一切。我被任命为了拉古那的检察官。"

"在圣卡塔琳娜州!那不是非常理想嘛!"

科泽里兹向女儿示意,让这个心情沮丧的诗人继续说下去。

"非常理想?但是我没能接受这个职位。那是发生在去年的事。当时我未能接受圣卡塔琳娜州主席的邀请,因为作为剧团的一员,去那里的话离剧院太远了。弗朗西斯科·路易斯·达·伽马·罗莎博士是一个完美的人,他为了保护倡导自由的知识分子而努力工作,不过他现在不再当主席了。当时,我因个人原因不得不远离那个州,这是问题所在。我对当地社会有太多的失望，这也许是因为我的肤色，也许是因为我的思想，或者两者兼而有之。"

"不过真的像你说的那样吗？"小女孩问道，"你从四岁开始就是自由人啊。"

"是的。泽维尔·德·苏扎元帅把我的父亲和我解放出来。我父亲参加了巴拉圭战争。我在圣卡塔琳娜州的州立文学社团获得了一定程度的学历。我学习人文学科、拉丁文、希腊文。弗里兹·穆勒是达尔文的一个朋友，两人保持着书信往来，他是我的老师……"

"那你可谓生逢其时了。新生活难道没什么价值吗？"

"呵呵，亲爱的……"三男一女当中陪着索萨的那个女人在向桌旁的每个人问候之后插话道，"一个被解放的奴隶从什么时候开始不再遭受迫害呢？尽管我们的诗人克鲁斯·伊·索萨知道如何用他的诗填满白纸，但是人们还是只在乎他的肤色。"

"齐亲阿，坐到我女儿卡罗莱娜的旁边来。"科泽里兹在介绍过他们之后，指着座位说。"索萨，坐到我的旁边来吧。"科泽里兹接着转过身来，面对这三男一女当中的另外两个熟人，"阿西斯！安图内斯！我的好兄弟！来，和我们一起坐吧。"

"你好吗，尊贵的科泽里兹先生？"一个留着长长的山羊胡子，穿着一身浅色的套装的男人寒暄道。

"哈哈，什么尊贵不尊贵的，阿西斯！你都好吗？你还在从事报纸方面的工作吗？"

"我现在当上了农业部的高级顾问，很讽刺吧？"阿西斯哀叹道。阿西斯的皮肤黝黑，穿着一身灰色的套装，一副小眼镜总是不能很好地架在他那小鼻子的鼻尖上。"为了维持生计，我变成了一名政府官僚。"

"不过，我们的马查多·德·阿西斯并没有就此搁笔。"安图内斯紧紧抓

住阿西斯的胳膊补充说。安图内斯是白人,长着一双棕色的眼睛和一张刚毅的脸。他放开了一脸茫然的朋友的胳膊,坐在凯厄斯身边的椅子上。"相信我,阿西斯仍旧保持着他的锋芒。和我一样,他部门里的人都很敬仰他。你看过他写的《布拉斯·库巴斯死后的回忆》吗?"

"哦,看过!"科泽里兹满脸笑容地问,"你找到你的写作风格了吧?"

"但愿我找到了,我的朋友,但愿是这样!"最后,这个羞怯的人坐在德国记者的旁边,说,"你无法想象干一件完全不同的事情该有多难。读者的反应已经发生了巨大变化。这个时候,只有我的妻子和女儿给我一些安慰。"

"那是明智之举,我亲爱的作家。"德国记者一边接着往下说,一边自己动手吃油炸的鳕鱼,"据我所知,借一位亡者之口谈论自己的生命,这种写作手法很有创造性。"

当这些人看到一个男人和一个举止优雅的女人走进面包点心店时,他们的谈话戛然而止。陌生人随便扫了一眼,远远地问候每一个人,晃动着他的镀金木手杖。

"他是谁?"这个男人的出现让凯厄斯的朋友们——尤其是科泽里兹看上去好像受到了干扰,凯厄斯因此觉得很好奇。

"他叫阿普尔卡鲁。"作曲家齐亲阿生气地回答,"他是有名的廉价小报《私家探秘》的老板,报上常常登载一些丑闻,大多数都是杜撰的,通过流言蜚语把很多家族的人牵扯到一起。"

"那就是他们所谓的报业新闻。"科泽里兹愤恨地说道,"在里约热内卢这个地方,多数的报纸都不把新闻报道当一回事。报纸上全是些逗笑媚俗的东西……这些小报对说长道短的花边新闻尤其感兴趣!"

"你看到关于皇帝的漫画了吗?还有葡萄牙漫画家拉斐尔·鲍达罗画的漫画?"安图内斯从侍者拿来的一个瓶子里倒出一些白酒,吃了一个木薯。

"鲍达罗的漫画？"

"创造了泽·波维尼奥这个卡通人物形象的那个人。皇帝常常是他笔下的受害者。你还记得描写佩德罗皇帝在海外永不停歇地漂流的漫画吗？"

"记得！"

"记得就好！他把皇帝画成一个道貌岸然的拥护共和政体者的形象。皇帝把披风藏到背上，恶魔和皇冠就放在身边的椅子上。"

"就像是暴风雨带来的洪灾还不够糟糕一样，里约热内卢城里充满了违反报刊自由的小报，尽管它们遭到了皇帝的极力抵制。卡通人物泽·波维尼奥受损的胃再也无法消受说教的油腻的菜肴。它更喜欢像辣椒一样刺激的丑闻，那是蓄意害人的辛辣调味品。这些小报总是为读者提供味浓的蔬菜炖肉，把佩德罗皇帝搅和其中以便诋毁他。他们常常把他画成一个老态龙钟的花花公子，行为举止惹人发笑，他好像是一个着了迷的疯子，喜欢在巴拉尔伯爵夫人的舞会上抛头露面，成了一个视国家利益为儿戏的胡作非为的人。事实上，佩德罗皇帝为人谦虚，正如我亲眼所见的那样，他即使把钱花在个人的嗜好当中，也不动用国库一分钱。他只限于在他个人的慈善事业中活动。在巴西，皇帝确实是一个诚实守信的人。他犯了几个政治上的错误，但是他是持家的榜样，那种对他搬弄是非的行为是可耻的。于是，像脱离实际的《克鲁塞罗报》那样的主流报纸，在很多小报因为严重'闹纸荒'而倒闭之后也消失了。而《私家探秘》那样的报纸不但总有大量的新闻纸供应，而且还有不正当收入。"

"哦，是的，那些办小报的老板们都富得流油！"索萨抱怨道，"阿普尔卡鲁让我很生气。我在一家严肃的报社丢了饭碗，那个坏蛋靠丑闻办报敛财，穷奢极欲。我听说他遭到死亡威胁，人们曾经向他的一处印刷所扔掷石块。要是他继续办下去，我敢说他会送死的。"

"你至今还是任由情感主宰着自己，索萨，是这样吗？"马查多·德·阿西

斯戏谑地问。阿西斯尽管是严肃冷静的一个人，但他看上去很兴奋。他脱口而出的散文诗让每个人都沉醉其中："我的朋友们，让我们公平地面对人性。纯粹的德行是诗人们虚构的产物。如果老天把美好的道德均等地分给每一个人的话，那么德行就不再是一种可贵的财产！"

阿西斯从他的朋友安图内斯的杯子里喝了一些酒，并向索萨转过身来："你应该知道，把我们的观点撒向世人并让我们主张的正义获得承认的唯一办法，就是做一部好的播种机，用知识来浇灌饥渴的大脑。"

"我们都在用自己知道的最好的方式进行斗争。"作曲家齐亲阿一边说，一边拿起一块糕点，"你和索萨以不同的方式为废奴主义者的主张进行辩护，每一种方式都同样有价值。"

"不过我知道你也支持废奴运动。"安图内斯笑着说。

"我努力兜售自己的一点影响力，来换取一些人的自由，我竭尽所能反对我们懈怠的政府。"

"我最亲爱的齐亲阿·冈扎加，"科泽里兹打断了作曲家的话，"政府官员只对敛财和花钱感兴趣。迫使他们接受废奴政策的唯一办法是让他们知道，在当今社会使用奴隶不带来任何利益；并且向他们说明，其他的国家已经在各自的工业上进行投资并获取了巨额利润。我们不得不让他们意识到这点，是这样吗，阿西斯？"

"获胜的一方，得到土豆！"阿西斯高举手臂叫起来，仿佛手中擎着一把利剑。

"他这话是什么意思？"凯厄斯看着阿西斯问。阿西斯转过脸来看着他，慢慢放下手臂咧嘴笑了。

"我在写《布拉斯·库巴斯死后的回忆》这部书的续集，我亲爱的孩子，这部书将在杂志上连载。我想书名将是《金卡斯·博尔巴》。金卡斯创立的哲学可以称作'人性哲学'，探讨唯一性、普遍性、永恒、不可分、不灭等哲学问题。在我的这本新书中，我正在写的一部分证明了这个患精神病的哲学家的理论。那是一场战争！两个部落在只能让一个部落生存下来的土豆种植园正面相迎。为了生存，两个部落为土豆打了起来。胜利的部落得到了土豆。"

"生命就是一处土豆种植园。"凯厄斯宣称。

"在博弈当中，最强大的一方幸存，而弱小的一方受制于人，并被彻底消灭。"科泽里兹补充说。

"还不止于此呢，老兄！"阿西斯说，"土豆只够一个部落吃的，不过那个部落有力量翻越大山，来到出产大量土豆的山的另一面。但是，如果这两个部落在种植园和平地均分土豆的话，他们都不够吃，会死于营养不良。和平，在这种场合下意味着毁灭；而战争却能让一方保存性命。一个部落彻底消灭另一个部落，收获了掠夺来的粮食。因此，我们有了胜利的快乐，满足于军事行动所带来的一切后果。这就是为什么人们赞美和喜爱让自己贪心或获益的东西的真正原因，为什么没有一个人会颂扬毁灭自己的行为——这就是战争的本质。对于被打败的一方来说，得到的是仇恨或是同情；而对于胜利者，得到的则是土豆。"

"解决问题的办法绝对不应如此极端吧。"凯厄斯一边说，一边端起一只玻璃杯，"不管怎样，我想，我们应该联合各部落，多种一些土豆。"

"你说的是不可能的事。"阿西斯镇静地说，"一个部落总以征服其他部落作为壮大自己的最终手段。"

科泽里兹补充说："就当前情况来说，我想我们还没到糟糕透顶的地步。我们应该尽快让大家更多地树立反对奴隶制度的思想，不只局限于在身体上，还应该在精神上解放奴隶。我想我们应该全力以赴，努力避免一场已经宣战的战争。"

"啊，我知道你充满了雄心壮志。"阿西斯一边看着记者，一边笑着说。

"哦,我能有的不过如此。我永远都没有你诗人的精神。"

"在这种情况下,我认为你不必有一个诗人的灵魂,仅仅是一个普通人的心,你都会很富足。"

"那么老兄,你是如何定义人类的灵魂的?"

"我想把灵魂比作公寓。公寓的每一间房要么装着堕落的东西,要么装着道德的东西。好的灵魂就是堕落的成分总是睡着而道德的成分却在守卫站岗的那些房间,而坏的灵魂……它们是房门前的靴子。穿起来紧脚的靴子是一种财富,因为这样的靴子让我们双脚生痛,只有摆脱了它们我们才能愉快生活。"

"亲爱的诗人啊,你知道农民所说的——在这个许诺以自由的新的计划中,政府的所作所为体现了至仁至善的心……"

"我无法忍受有人宣称废奴运动是白人的慈善之举的说法!"诗人克鲁斯·伊·索萨在桌子上紧握着拳头愤慨地说,"如果你问我的看法的话,《60岁黑奴自由法》要求释放老年奴隶的新方案肯定是不够的。很显然,封建领主会很高兴地释放那些再也派不上用场的年老奴隶们。我们仅仅只是让自己满足于少许的一点看不见摸不着的自由。统治者没有很具体地告诉被解放的奴隶们,如何才能让我们的人权与白人一样受到同等待遇。我们应该做的是破除他们的思想观念。"

"你太年轻了,索萨。"阿西斯批评道,"和你的诗歌的风格一样,你的思维方式肯定会发生很大的变化。你必须学会如何才不至于全副身心、如此动情地卷入其中。"

"有些东西自我小时候开始就在迫害着我,我不知道如何让自己保持冷静。对此,我不能轻易就做到视而不见。"

"你虽不该把讽刺当成一种武器,但你又不得不如此。你从来不让他们来贬低你的出身。比如说我吧,我是一个被解放的奴隶的孙子,我从来没有为我的家庭出身而感到羞愧过。"

"但有些人认为你没有重视主张废奴的运动。"

"我在密切关注着这场运动！"阿西斯不耐烦地喷着鼻息，"那些批评家指责我对涉及用工事件不闻不问，尤其是对奴隶劳动的剥削视而不见。这都是因为我在作品中没有创造出一个'黑人英雄'的角色。这正是我在这里所探讨的话题。当大家对我表示同情时，我不会在舞台上显示我的武器或者抗议。如果你非得一探究竟的话，我的确与种族歧视做着斗争。对此，你只需要看我写的《海伦娜》或者《布拉斯·库巴斯死后的回忆》，比如在整个故事情节中看奴隶主们丧生的故事就知道了。在我还在酝酿的《唐·卡斯穆罗》一书中，我打算把奴隶主的死亡作为故事的开篇。我想展现一个寡妇们和继承人的世界，在这个世界里，我将揭示身处殖民时期拥护奴隶制的族长式多世代之家的陨落过程。"

"阿西斯，我不知道该如何像你那样运用讽刺，不过我采用了革命性的呐喊和更深沉的叹息。"索萨说。

"你不是孤身一人，索萨！"作曲家齐亲阿说，"正如你所看到的那样，阿西斯向我们讲述了他是如何战斗的，我也正投身到两场战役之中。"

"你怎么会有两场战役？"凯厄斯问。

"我妈妈是混种人，我三岁时她才和我当兵的爸爸结婚。因此，我不但要为废除奴隶制而战斗，还要为深入我灵魂和血液中的妇女独立运动而战斗。"

"可是，你好像拥有一种非常独立自主的生活啊。"

"因为我从未停止过战斗，我的孩子。我早年练习读写，学习算术，尤其是学习钢琴。音乐是我的酷爱。我是伴随着波尔卡、华尔兹和流行音乐长大的，我心满意足地参与当地的社交聚会，并在1858年的圣诞节创作了我的第一支曲子。即便是我具备了现今大多数妇女都没有的优势，我爸爸还是

逼我嫁给了雅辛托。我当时十六岁，丈夫二十四岁。我最终成了一个家庭主妇……但是我对音乐的挚爱让我认识到，相夫教子不是我的人生追求，于是我和丈夫分居了。"

"分居在当地不是很普遍的现象。"阿西斯插嘴道。

"我原以为爸爸会理解我的，可是他把我逐出了家门！"作曲家齐亲阿一边说，一边悲哀地盯着一只空杯子，"我的亲爸爸当年也是不顾全家人的反对和我妈妈结婚的，他怎么会那样对我呢？直到今天，他都当我死了。他怎么做得到呢？他想和我一刀两断。当他把我打发走的时候，连对坐在我大腿上的孙子诺奥看都没看一眼。往事不可追忆！我走了，尽管我爱我的爸爸，也十分尊敬他。我一边走一边想，也许这是我追求我的梦想——成为一个作曲家的机会！"

"那肯定是一段艰难的岁月。"卡罗莱娜咬着嘴唇说，"要是我的话，我不知道我是否做得到抛下丈夫，接受孤苦无助的单身生活。"

"亲爱的卡罗莱娜，生活给了我们很多选择，也给那些相信自己的梦想的人以力量。我感到你也会带着巨大的勇气追求你自己的命运。"

"但是不要居无定所地漂泊……"

"当你拥有朋友的时候，干什么都会容易一些。"作曲家齐亲阿又振作起来，"我的音乐家朋友们接济了我，最终我开始了我'曲终而人不散'的事业。接下来我结识了若奥·巴蒂斯塔，他是一个追求生活享受的人，我和他建立了家庭，生育了女儿爱丽丝·玛丽亚。"

"谢天谢地！"卡罗莱娜红着脸说，"那么大家是如何评价你后来的家庭的？"

"由于流言蜚语，我和丈夫搬到巴西米纳斯·吉拉斯州的内地。我非常喜欢那个地方，我甚至接受生活在远离大都市的地方，但是当丈夫和另一个女人的奸情败露之后，一切都变了。那段经历告诉我绝不该忘记自己的梦想。于是我决定再次收拾行囊,返回属于我的地方去。"

"那你的女儿呢？"

"我让她跟着她爸爸生活。"

"你怎么舍得呢？"

"哦,卡罗莱娜,"女音乐家抚摸着小女孩的脸蛋,笑着说,"男人和女人应该有同等的价值。如果他能工作,那么我也能工作。如果我能抚养小孩,那么他同样也做得到。"

"一个被解放的奴隶的生活并不容易,"安图内斯发表他的看法,"不过一个反叛的女人同样不容易。"

"很显然,我不太适合婚姻的束缚。"作曲家齐亲阿接着说,"音乐是我的生命。我从事音乐教育,该做什么做什么,但是我将再也不会背叛我对音乐的激情。"

科泽里兹说:"不过如今你已经到达了奋斗的顶峰。我听说有人愿意聘请你当乐队女指挥。"

"在我的职业生涯中,那肯定是一个转折点,但是我不认为那是事业的巅峰。当他们把我当成'耀眼的混血儿'时,我感到很懊恼。"

"难道那不是一种赞美吗？"凯厄斯问。

"随之而来的如果不是诽谤、闲言碎语或者戏弄的话,那就可以理解为是一种赞美。这种夸赞听起来特别虚伪,我有时候觉得像是对我的嘲笑。"

"意大利和德国移民,妇女和奴隶……"朋友的一番言论和令人快乐的金黄色啤酒让科泽里兹变得激昂起来,"不管怎样,这些人都是漂洋过海的外来客。不管他们是出于自愿,还是受迁出地的逼迫来到巴西,他们都得为自己的生存空间和言论自由而战斗。"

"只有在经过许多的呐喊和打击之后才会得到吧？"凯厄斯一边从杯里挑冰激凌吃,一边分析着。

"是的,凯厄斯。"卡罗莱娜说,"他们靠的不是火炮的声音,而是用从笔尖流泻出来的来自纸上的声音为自己争取权利。"

"你还在写诗吗,卡罗莱娜?"索萨问道。卡罗莱娜看上去说不出话来,索萨平静地看着她说:"希望你和我们的作曲家齐亲阿一样取得出色的成就。"

科泽里兹对他的朋友看了一眼,说:"女斗士就在眼前,你有的是勇气和毅力。以音乐为生可不是一件容易的事,尤其是当你是一个女人的时候。"

"我希望引起更大的震动。大家有一天会把我当成一位作曲家……在我的脑海里响着一个主旋律,但是我只有歌曲的合唱部分,而且迟迟写不出来。"

"是哪个旋律?"凯厄斯问。

"哦,让我渴望的人生之路畅通无阻……"

"不简单!"凯厄斯热情地叫起来,"你写了那首进行曲吗?"

"喂,你等等,凯厄斯,"女音乐家吃惊地说,"我还没有谱曲呢。那只是合唱部分而已。"

"可是……看来很多人会喜欢这首曲子,相信我。"

"我也那么想的。"阿西斯说,"我们都用自己最熟悉的方式斗争着,但是还没有人像我们的作曲家齐亲阿那样张开着她的双翼!"

第七章 悬空的子弹

那个夜晚虽然美好，但是却显得漫长。当时要是租一辆马车也许是明智之举。凯厄斯、科泽里兹和他的漂亮女儿一起去了步行街，街上有一处空空荡荡的大型建筑物。卡罗莱娜高兴地逛了一会商店，尽管多数商店都已经关门了。没多久凯厄斯就抱怨起头疼来。街上灯光暗淡，三个人都静悄悄地走着。

这时，科泽里兹凭他的直觉感到有什么不对劲。他慢慢地回过头来看，一个影子立刻隐藏了起来。科泽里兹什么话也没有说，开始用手推搡凯厄斯和女儿，同时加快了自己的脚步。一个声音响起，科泽里兹立刻紧张万分。这时卡罗莱娜注意到父亲的举动有点不正常，接着她发现那个响声不过是坠落在地的一个垃圾桶发出来的。

当三个人快到那处空空荡荡的大型建筑物的时候，他们看到一个衣着讲究的男人和一个狂笑不止的女人坐在一辆马车里一路狂奔。然后，他们听到有尖叫声从他们刚刚经过的身后的小巷里传出来。一群蒙面的男人疯狂地想拦住马匹。一只强壮的手从阴暗处伸出来，一把抓住坐在马车里的那个男人，这个男人手中的带金色手柄的精致拐杖掉落在地。一群暴徒围住两个受害者，女的吓哭了，而那个吓傻的男人企图把这个女人当作一个

掩护自己的盾牌。暴徒们更多地还是要加害那个男人。人质滚下马车并倒在地上。科泽里兹一行躲藏起来，三个人的眼睛都盯着一把闪着寒光的刀。突然，暴徒们用那把锋利的凶器朝男人的胸口刺了三下；男人徒手绝望地保护着自己，但很快满手都沾满了鲜红的热血。

年轻女子瘫在地上，面临着相同的命运。但是这三人一伙的暴徒中的一个发现了昏暗中的三个目击者，他把情况告诉了另外两个人。科泽里兹抓住女儿的手开始跑起来，这伙人跟在目击者们的后面跑。凯厄斯开始推动几只垃圾桶，让它们沿街滚动起来。

可是这没有持续多久。那伙人跳过垃圾桶，追赶想充当英雄好汉的凯厄斯。一个壮汉用围巾蒙住了一部分脸。他抓住凯厄斯，用沾满血的刀威逼他，刀的尖头刚好顶着他的下巴。汗珠和一股细细的血流从凯厄斯的下巴流下来。凯厄斯不假思索地朝杀手的膝盖踢了一脚，好让自己脱身并全速跑开。黑暗中，他打算继续沿着朝左拐的一条小路往前跑。不幸的是他踏上了一条断头路……那伙人举起武器跟了上来。凯厄斯浑身发抖，他希望想出个办法让自己藏起来，可是周围没有任何可以遮蔽的东西。

一个一身黑衣的男人裹着头巾，来到了拐角处。这个黑色的恶魔举起手枪，一边呼唤他的同伙。他瞄准了凯厄斯……枪响了。

"不要啊！"凯厄斯在脑海里喊叫起来。

一切都静止不动了。没有姿势变化，没有尖声喊叫……万籁俱寂。惊慌之中，唯有凯厄斯心跳的声音打破了突然出现在他周围的宁静。周遭的一切都僵住不动了。持枪的那个男人一动不动。子弹一动不动。银色的子弹悬在空中，恰好停在凯厄斯前额的正前方！

一阵轻风从天而降轻拂过来，扰动着每一样东西。一切皆忽隐忽现起来。一阵又一阵的风涛扭曲了小巷两侧的墙壁，那伙人都在大发脾气。

凯厄斯感觉身体膨胀起来，他擦去额头的冷汗。不过，凯厄斯仍然留在当前境地里，这个境地看上去更像是一场噩梦，在致命关头恰好停了下来。突然，凯厄斯觉得有一只沉甸甸的深色皮肤的手抓着他的衣领，并把他的身体迅速提了起来。凯厄斯大惊，不惜一切代价地想挣脱，但是这个男人却泰然自若。

"别乱动！"这个男人说，"我们不想伤害你。"

在试图挣脱的过程中，凯厄斯把他的一双手放在陌生人的胳膊上。他忽然觉得像是触摸到了一块冰冷的金属物。再多扑腾几下之后，他的指甲终于把那个金属物弯成了一只手镯的形状。

"别这样！"这个绝望的男人叫道，"住手！"

狂风劲吹，天气渐渐恢复正常。那枚子弹继续往前飞，不过最终撞到墙壁上。奔马有力的蹄声让歹徒们如鸟兽散。很快，一群骑着马的警察占据了被四散的人群抛弃的大街。

凯厄斯还在空中挣扎，他最终挣脱开并摔倒在地上。凯厄斯抬眼看时，他惊奇地发现，那个把他从濒临死亡的境地中拯救出来的人，只穿着一条紧身的黑裤子。救命恩人的眼睛微黄而且明亮，他的瞳孔像猫科动物一样放着光。这个陌生人害怕被人发现，他转过身来开始像一只壁虎一样在墙上攀爬。当他到达建筑物的顶部时，一个身上裹着深绿色长纱，差不多连头部都被包住的女人向她的伙伴伸出了援手。她稍看了一下凯厄斯，并微微地笑了笑。最终，这两个陌生人消失在夜色中。

尽管有点晕头转向，凯厄斯还是离开了小巷，返回到那处空空荡荡的大型建筑物。在那里，一个军官站在一个被扔在烂泥地里的女人面前，一个士兵安慰着她，查看着那个可怜的女人的伤口。

没有一个人注意到科泽里兹的出现，他悄悄地阻止了凯厄斯走近出事现场。在带着两个年轻人脱身之前，科泽里兹盯着那个军官看，此时他正在地上清理那个满脸是泥的男人。这时，他认出了死者就是阿普尔卡鲁——

小报《私家探秘》的老板。

"啊!"科泽里兹舒了一口气。他终于想起自己该去喝杯啤酒。明天,他会撰写这则新闻,而让人担心的是追杀他的人会逍遥法外,因为既然杀人犯和那么多重要人物厮混在一起,没有一家报纸敢报道这起犯罪。科泽里兹和他的两个随行者转身离开了犯罪现场。

第八章　难忘的科尔科瓦多山

第二天早上，三个人从昨晚的惊吓中恢复了过来。科泽里兹雇了一辆马车，马车把他们带往库里奇巴植物园。

那是一个炎热而美好的星期天，适合在一个景色宜人的地方吃喝玩乐。道路的一侧是美丽的棕榈林带，另一侧与罗德里戈·弗雷塔斯潟湖深色的水域相接。此处的道路因为川流不息的交通而变窄，马匹放慢了脚步，越走越慢，直到最终完全停下来。此时，三个人脸上洋溢着的幸福再也看不见了。等待的时间变得越来越长，从起初的片刻到几分钟再到数小时。卡罗莱娜准备的盛放食物的篮子在吃空之后也扔掉了。出门的一家家人，坐在一辆接一辆的马车里，全都躁动不安起来。

"你们为什么都要赶在同一时间到这里来呀？"记者科泽里兹一边用手帕擦着额头上的汗珠，一边小声抱怨。

"你难道不知道吗？"马车车夫用了然的口吻回答说，"今天这里有一个为德国王子举行的大型聚会。巴西皇帝想举办一个来自德国的植物展。这里全天都有音乐和舞蹈表演。"

"那他叫什么王子来着？"凯厄斯问。

"是年轻的亨利王子，德国皇帝古尔赫姆的孙子，他乘德国'奥尔加号'

巡洋舰进行环球视察旅行。"科泽里兹解释说。

"那巴西皇帝呢?我们如何才能找到他?"卡罗莱娜打着遮阳伞,一边扇着扇子一边问。

"不知道,小姐。"车夫一边回答,一边用桶给马儿浇水,让它降降温,"我想,这次巴西皇帝和德国王子之间也许隔得很远,而且他们并不见面。据我所知,巴西皇帝打算去科尔科瓦多山,随后去博物馆,接下来去客船上的瞭望甲板。"

"那么,请你把我们带到科尔科瓦多山去吧!"德国记者请求道。

"去那里需要一段时间的。如果交通状况比预想的还要糟糕的话,我们最好还是先等一等……"

考虑到坐在那辆拥挤的马车里无异于浪费时间,三个人跑着离开了那条大街,并在车流中疾步前进。他们朝一辆轻便马车走去,仅靠两匹马拉的车很快就启动了。过了没多久,轻便马车便来到卡里奥卡水库的古老的引水渠附近。三人下了马车,登上奔驰于科斯梅·韦柳与帕内尔拉斯之间的火车。该铁路的最后一部分,即连接帕内尔拉斯到科尔科瓦多路段的通车仪式正在进行之中。

等到了帕内尔拉斯时,科泽里兹变得非常沮丧。到处都是好奇的人们。这些人排着长长的队伍在等待,他们想经由佩德罗二世刚刚宣布开通的科尔科瓦多铁路继续他们的旅行。一群又一群的男男女女,此外还有各种摊贩,卖冰激凌的、卖水果的,甚至还有卖不褪色鞋油的,三个人怎么才能从这些人群里穿过去呢?皇帝乘坐的是首趟列车,怎么才找得到他呢?更糟糕的是,凯厄斯和卡罗莱娜刚刚不见了人影,该怎么找到他们呢?

两个"逃跑者"在帕内尔拉斯宾馆后面的瀑布里戏水降温,为了找到他们,科泽里兹颇费了些时间。在对他们进行一番批评教育之后,科泽里兹继续朝前走,两个年轻人跟在他的身后。他们一直走到科尔科瓦多山顶,去寻

找王室成员。虽然卡罗莱娜穿着一条长裙,不适合登山这种运动,但是三个人还是朝山顶攀登去。他们横穿被参天大树包围的小道,越过布满葡萄树的引水渠和长满青苔的岩石,并根据路边各种各样的花朵和小动物的情况,探着一条羊肠小道。

一只美洲虎疑惑不解地看着这些两条腿的动物……再继续朝前走,山道的一侧有两只幼小的刺豚鼠越过小路,而在另一侧,一只天竺鼠突然隐入茂密的灌木丛中去了。松鼠们从小路上纷纷散去,爬上一棵树的树干。它们爬得那么高,以至于只能看见树梢而看不见松鼠。猴子一家老少在树枝间跳跃穿行,成年公猴小心地守护着抱着幼崽的母猴。有几只老鹰目不转睛地盯着这只幼崽……

科泽里兹一直叫苦连天,因为路上连片刻的休息都没有。若是在其他的环境中,科泽里兹肯定会建议停下来野餐。卡罗莱娜和凯厄斯也想到了野餐,但是现在他们都很沮丧,于是放弃了这个诱人的念头。十五分钟之后,三人发现他们来到了城市供水库区引水渠的尽头。再过一会儿,他们就能登上山顶了。

凯厄斯和卡罗莱娜本想喘口气休息一下,但很快就把这个想法抛之脑后了。两人的脸上逐渐变成了一副特别吃惊的模样。卡罗莱娜要张嘴说话,但是她发不出声音。她能做的只是把头向前伸着,然后斜向一侧,她试图区分开眼前耀眼的大海、天空和山峦的景色。19世纪里约热内卢全部的秘密尽在那海天一色中。

环抱在他们周围的如此开阔的灿烂风光,靠一双眼睛是看不过来的。美景如此引人入胜,想不迷路都不可能。凯厄斯和卡罗莱娜悠闲地欣赏着那独特的风景的每一个角落。

四周像塔糖峰这样的诸多荒山身姿挺拔,散落在那点缀着大片大片沙洲的一望无际的蓝色大海中。在其他地方,山地覆盖着森林和谷溪,唯有山顶缭绕着几朵低低的浮云。从这个距离上看,里约港大海湾好像只被几处微小的堡垒守护着。凯厄斯扭过头,他看到植物园和罗德里戈·弗雷塔斯潟湖,尽管潟湖的水域宽广,它深色的水体却随着小渔船而摇动。在塔糖峰的右侧,五彩缤纷的树冠为那无人居住的延绵的湖滨镶上了花边。在它的正前方,有一层薄云笼罩着下面的塔糖山,使它变成一座神秘而壮观的山。塔糖峰的山顶上矗立着一块状如人头的巨大的花岗岩山体。海风刻出的这副模样让人联想起佩德罗二世的那张蓄着大胡子的脸。

当卡罗莱娜站在悬崖的近旁往下看时,她的心一阵猛跳。她看到广袤的森林,四周被山谷围绕。山谷中散布了几百处带花园的小屋,那是城市贵族们的居所。在科尔科瓦多山的山脚下,还可以看到无数低矮的蜗居,那是建造了通往科尔科瓦多山铁路的工人们的家。卡罗莱娜深深地吸了一口气。空气中充满了森林的气息,混杂着最纯净的自由的感觉。

当科泽里兹朝卡罗莱娜和凯厄斯一声大喊,让他们跟上时,两个年轻人才从眼前的美景中回过神来。科泽里兹要找到皇帝的决心使得他对美景完全视而不见,因此他能够加快脚步,走到了快靠近铁路线终点的地方。同样那里也聚集了一堆堆的人,科泽里兹非常努力地寻找着皇帝的影子。

"皇帝?"面包点心店里的老板娘回答说,"他已经离开了。可怜的孩子!他非常喜欢这个地方,他渴望把人们吸引到这里来欣赏美景……"

"老板娘,他去哪儿了?"科泽里兹问。

"据我所知他去博物馆了。要不要吃颗糖果呀?"

科泽里兹没能掩藏自己的失望,他显得非常郁闷。但是不到黄河心不死的他执意要找到皇帝。凯厄斯、卡罗莱娜一起跟随着他,三人乘上电车,返回城内。

第九章　木乃伊的咒语

　　在交通拥堵的这段时间里，因为炎热，凯厄斯的头疼得更严重了，他不得不痛苦地眯起眼睛。三个人大伤脑筋地坐等交通恢复。马车终于能够向右转了，它绕了一个弯道来到博物馆。德国记者绷紧着神经，他还是希望能找到皇室成员，他甚至没有意识到自己多付了车钱。

　　他跳下马车，推开人群，开始为自己清出一条过道。等他到达目的地——博物馆入口处时，德国记者一头撞到一个人的怀里。这个人又高又瘦，手里拿着一本很厚的书。

　　"哎呀，你是科泽里兹吗？"被撞的人大吃一惊，拾起掉在地上的书，"你怎么了，伙计？"

　　"对不起，拉迪斯劳斯！"德国记者显得神经过敏，他拉直自己的领带，接着又扶正朋友的眼镜，"我在找皇帝陛下。他在这里吗？"

　　"他不在，他已经走了。这个时候，皇帝陛下应该在天文台的瞭望圆顶观察星星。你知道的，他一旦到了那里，就把时间彻底忘记了……和平时一样，他会因自己的研究变得兴奋不已，并在他那里的寓所过夜。"

　　"皇帝在天文台有一处寓所吗？"卡罗莱娜插嘴问，"我可从来不知道呀。"

"哦,有的!如果佩德罗二世不是皇帝的话,他肯定是一个天文学家。他对科学有着巨大的热情。天文台的瞭望圆顶是皇帝建造的,在那之前,他就把欧洲的天文学家带到了这里。他把自己私人天文台里的设备捐赠给了学生们。"

"太好了,要是皇帝待在那里的话,我们就有机会见到他。那我们走吧,爸爸?"

"亲爱的,先别着急。稍等一下!"

好奇的拉迪斯劳斯看着这个没耐心的女孩,"我亲爱的科泽里兹,你不打算给我介绍一下这个可爱的女孩子吗?"

"啊,好的。对不起,拉迪斯劳斯,这是我的女儿——卡罗莱娜,这个男孩是……"记者科泽里兹四处看了看,他吓了一跳,"凯厄斯跑到哪里去了?"

"不知道啊!"卡罗莱娜整理了一下自己的衣服和帽子,她用一种嘲讽的口气说,"也许是当你插队抢先时,我们把他弄丢了吧,爸爸,是这样吗?"

"啊呀!"

一群受了惊吓的女人尖叫着在博物馆展厅里跑开了,她们还把站在前门那里的三个人撞倒在地。

"馆长!馆长!"一个警卫朝拉迪斯劳斯跑过去。

"发生什么事了吗?"馆长不得不用力抱住他,好让他停下来,"天哪!冷静冷静。你就像撞见了鬼一样。"

"比遇见鬼了还要可怕,馆长!那个东西是皇帝捐给博物馆的,也就是今天我们拿出来展览的……活了!真的,活了!"

"你们在说什么呀?"科泽里兹很好奇,他把女儿保护在自己的身后。

"是木乃伊!我看到它们了!棺材动了。"

"石棺动了?这太天方夜谭了吧?"

"我亲眼所见,小姐!"警卫坚持说,"大家都看到了。"

"我们看看去!卡罗莱娜,你站在这里别动。"

"不行,爸爸!我也要去!"

科泽里兹看到固执的女儿脸上生气的表情后说:"好吧,亲爱的,我们去看看情况。"

埃及展厅里一片骚乱,随着时间的推移,里面变得一片黑暗。浑身发抖的警卫护送被撞倒的三人慢慢地走着。馆长是一副毫不畏惧的表情,他主动提出一个人往前走。他来到棺材的末端,镇静自若地掀起棺盖。

木棺被"吱嘎吱嘎"地掀起来。卡罗莱娜紧紧抓住爸爸的胳膊,不敢往石棺里看。馆长朝棺材里看了一眼,松了一口气。

"除了一具死气沉沉的木乃伊,其他什么也没有。这些人啊!真亏他们想得出来!不过,等等!"拉迪斯劳斯在寻找一个骨灰瓮。

"木乃伊王妃身上珍贵的亚麻裹尸布哪里去了?"当馆长嘴里叽里咕噜的时候,博物馆员工的眼睛开始瞪着馆长的身后……

"啊——"顺着那一声哀号的方向,人们看到他身后浅蓝色云彩裂缝里的一道光迅速消失了。

"哦,天哪!"当警卫看到阴暗处的鬼影时,他毛骨悚然地惨叫了一声,"世界末日到了!"

越来越大的呻吟声布满了整个展厅。当馆长开始往回走时,警卫害怕极了,他推了科泽里兹一把,一边跌跌撞撞地离开了展厅,一边结结巴巴地喊话。

"快跑啊!这是木乃伊的咒语!"警卫尖叫着说。

那个幽灵朝这间寒冷的大厅里仅剩的两个人走去。科泽里兹仍然抱着卡罗莱娜。他估计将发生最糟糕的一幕,于是用悬挂在墙上的矛进行自卫。当科泽里兹做好了御敌准备时,那个幽灵开始尖叫起来。

"啊——"裹尸布的顶端被掀开后,谜底揭穿了,"真——冷——啊!"

"凯厄斯!"父女两人都惊呆了。

一个男孩躺在地板上,身上裹着亚麻外套,他正因为发烧而浑身颤抖。

科泽里兹对暴怒的馆长稍作解释之后,大家紧绷的神经放松得多了。大家都帮忙把这个"幽灵"抬到馆长的马车里,把他带回宾馆去。

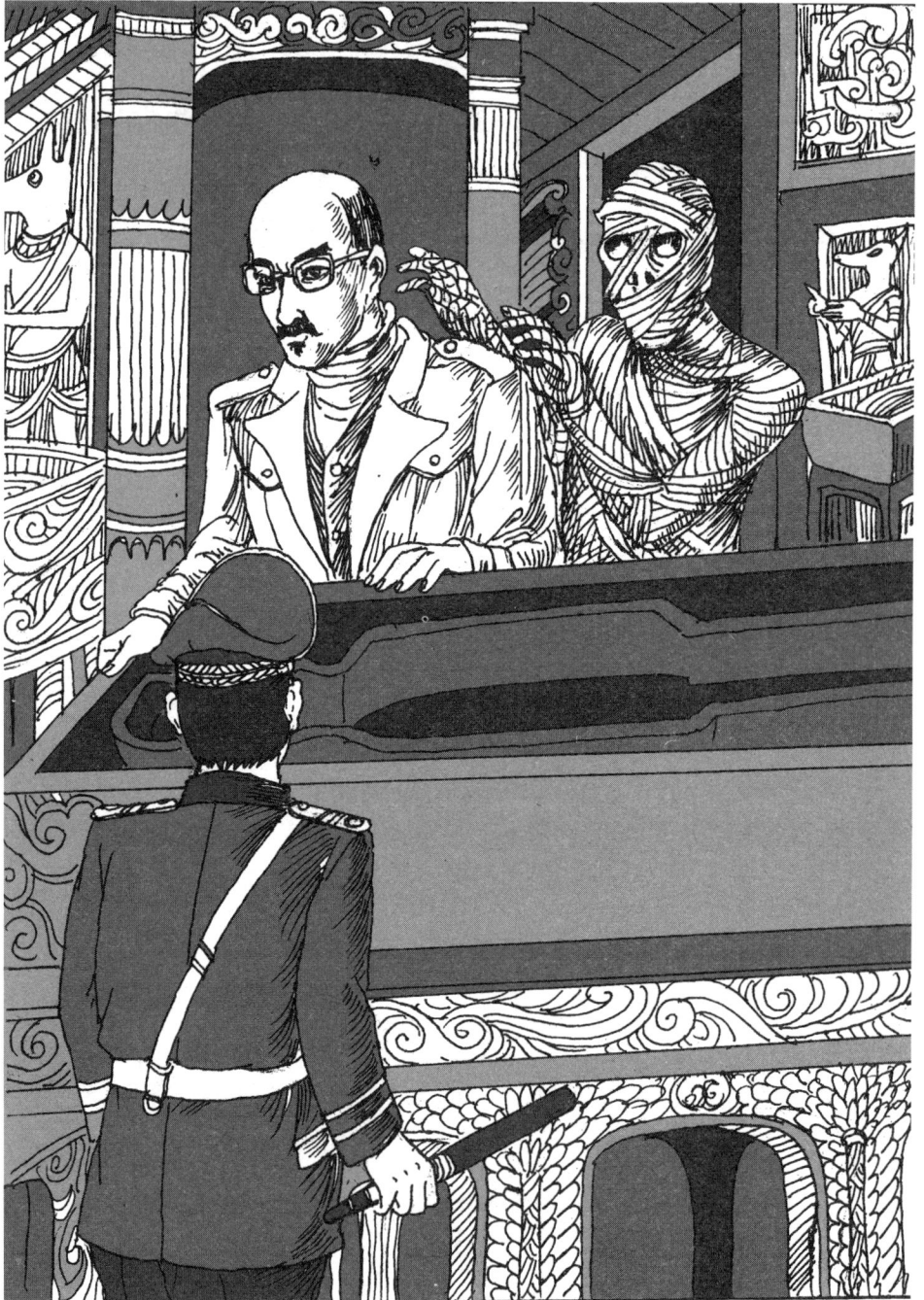

## 第十章 黄 热 病

当大家看到凯厄斯那副样子的时候,宾馆的很多客人都吓坏了。他们担心这孩子染上了黄热病,这种病在里约热内卢还没有一例确诊案例,里约热内卢成了逃避感染的最后一处避难所。所幸的是,一个自称是医生的男人在这些紧张的客人中间现身了。这个男人长着一双黑眼睛,雀斑脸,穿一身西装,拿着一只公文包。

"这孩子会好起来的。"医生在很短的时间内给凯厄斯做了一个检查并得出结论。接着他给了凯厄斯一杯水,并把一些绿色的粉末混在里面。

"他是怎么回事?"科泽里兹好奇地问。

"哦,先生,没什么大不了。我刚给了这孩子一些药,让他尽快康复。"

"他病了吗?"卡罗莱娜很担心,"他得的是黄热病吗?"其他客人听她这么问后很害怕。

"你们别紧张!"医生说,"这孩子的情况还行。他被一种叫'埃及伊蚊'①的蚊子叮咬了。不过现在他的发烧得到了控制。"

"埃及……什么?"科泽里兹很奇怪,"医生在说什么?这孩子到底有没

①埃及伊蚊是一种中小型黑色蚊种,有银白色的斑纹。它的分布很广,在非洲、中南美洲、澳洲和东南亚地区都有滋生。它主要在白天吸血。

有得黄热病啊？"

"被昆虫叮咬了能有什么麻烦？"门前的一个白发女人笑了，"好像一只小虫子能导致一场流行病似的。"

医生转过身，面对着科泽里兹说："请原谅。我只是说患者因为流感而发烧。我参与处理过很多被我称之为'怪异的'会诊。"

"真的很奇怪！"一个戴着深色眼镜、手里拿着一本书的客人说，"我还从来没见过有人会害怕一只小小的蚊子。"

"没错！"白发女人表示赞同，"设想一下，如果我们不得不担心蚊子，会怎么样？如果河里害虫大批出没的话，那么我们人就要死绝了。"

除了卡罗莱娜和她的爸爸，所有客人都站起来嘲笑因为一只小小的蚊子可能发生的灾难。父女俩注意到那个笨手笨脚的医生尴尬地溜走了。

随着时间的推移，凯厄斯慢慢痊愈了。在此期间，暴风雨一场接着一场，让宾馆和外界失去了联系。凯厄斯无所事事，于是他去了记者科泽里兹的房间，他发现科泽里兹和他的女儿坐在一个角落里的小桌前。

"你们在干什么？"凯厄斯问。

"我们利用因坏天气而待在家里的机会把该写的信和文章写完。"卡罗莱娜一边说，一边将信纸塞到信封里。

"《南方杂志》希望我把我写的文章寄给他们。"科泽里兹一边努力整理一堆稿纸，一边回答说，"哦，皇帝是那么忙碌，为求得一见我不得不面对诸多困难，我可不能忘把这点记录下来，这样报社的人就会明白这次采访是多么的有价值。"

凯厄斯打趣道："这次的采访看上去更像是一部小说。"

当记者科泽里兹听到宾馆老板喊他去接电话时，他没有搭理凯厄斯。他抛下两个年轻人以及桌上的一堆乱纸离开了。凯厄斯趁机扫了一眼那些纸。

"这些是用德文写的。"凯厄斯觉得奇怪。

"《南方杂志》是只针对德国人的一份杂志吗？"

"哦，不是的，凯厄斯。"卡罗莱娜笑着说，"我爸爸总是用德语写文章，因为他自己创办了一份德文的《科泽里兹德语报》和一份用葡萄牙语撰文的《阿雷格里港公报》。"

"这两份报纸畅销吗？"

"嗯，《公报》销得不错，包括在帝国首都这里。皇帝定期会收到这两份报纸。爸爸还和好几份报纸有合作关系。"

"那么，科泽里兹应该很有钱才对。"

"你错了！《公报》的发行量还不错，但是我们在报纸的广告、订阅量和街头零卖中只占很小的份额。"

"这一切耗费的工作量应该很大。"

"但这是值得的，凯厄斯。"

"这里的这篇文章是讲什么的？"

"这些报道是我爸爸的一个朋友用通电话的方式发来的。"卡罗莱娜从凯厄斯手里拿起一张纸来，"比如说这里的一张吧，上面告诉我们佩德罗二世访问了一所以他的名字冠名的学校。佩德罗二世本人大力推行有关教育方面的展会。他的目的是让不同国家的教师们在展会上相聚，大家彼此交换经验，有机会获得有关欧洲、美国和拉美的最新教育资讯。"

"很显然，皇帝非常关心教育事业。"

"你不知道皇帝有多么关心。皇帝每周都来探视展会的进展情况。现在，在这个展览当中，他还要求向普通老百姓展示诸如地图、地球仪之类的东西，以及各种各样的书籍，还有涉及烹饪、缝纫、雕刻等方面的论文……"卡罗莱娜有点失望地看着那一堆纸。

"为什么在圣塔特蕾莎景区这里我们不能和外界取得联系呢？要是能看到这个展览的话，我爸爸会高兴得不得了。那对他来说会是非常特别的经历。"

"怎么会那样呢？"

"嗯，我爸爸以前是一位教授。他热爱教学工作，尤其喜欢数学。他创建了一所男女生可以一起就读的学校。不幸的是，由于家长们的原因，他不得不把学校关闭了。"

"由于家长的原因？怎么会那样呢？"

"一些家长认为那种教育是不拘一格的自由办学方针，学校教孩子们独立思考问题。"

"这难道不好吗？"

"对那些思想保守的家长来说，这怎么会是好事呢？你肯定是在开玩笑！对有的人来说，让他们明白教育不只是向既定的准则学习，不只是记住国家、河流、高原的名称，这些是还需要些时间的……"

"我很清楚这是怎么回事。"

"我是那些有幸能够从事研究、学会分析，并形成自己的见解的不多的人中的一个……"卡罗莱娜用手支撑着下巴叹息起来，"是的，要改变当前的局面，我想还得花费巨大的代价。"

"很遗憾！"凯厄斯注意到卡罗莱娜那双泄气的绿色眼睛，他感到很沮丧。

"终于可以见到国王陛下了！"科泽里兹打断了谈话中的两个人，他高兴地把这个消息告诉他们，"在我的朋友佛洛雷斯的坚持下，我们终于可以在圣克里斯托旺①的宫殿获得发言的机会。"

"哇！"凯厄斯挥舞着胳膊叫起来，"总算熬到头可以出门了。"

"可是爸爸，我们怎么去得了呢？我们怎么从这片洪水中过去呢？"

---

①圣克里斯托旺是位于巴西塞尔希培州的一座城市，其历史城区中心的圣弗朗西斯科广场和其邻接的历史建筑在 2010 年成为世界文化遗产。

"我可不在乎。"科泽里兹敲打着桌子,"哪怕是划船、游泳,我也要赶到那里去。你们愿意和我一起去吗?"

"好吧,我们一起去。"凯厄斯说,"在连下两个星期的雨什么事也干不成之后,到了翻开小说《寻找佩德罗二世》另外一章的时候了。"

"那我们就说定啦。"卡罗莱娜说。"不过这次我会紧张不安的。爸爸,我给皇帝带上一份礼物,你看怎么样?"她在桌上的纸堆里找呀找,直到发现一本皮革封面的书,"你认为皇帝会喜欢我的诗歌小册子吗?"

当卡罗莱娜看到爸爸被打扰的表情之后小心翼翼地问道:"怎么了,爸爸? 有什么地方给你添麻烦了吗?"

"不幸的是我得到了一些坏消息。你还记得我们在阿雷格里港碰到的一个叫亚历山德罗·萨尔瓦提的青年吗?"

"是不是那个教钢琴的老师? 当然记得! 他怎么了?"

"亚历山德罗是男中音,和他哥哥费德里戈一样,他也有一副好嗓子。兄弟二人来到里约热内卢,因为他们将要踏上远赴欧洲的轮船去演出。"

"可是发生什么了呢?"卡罗莱娜担心地问。

"亚历山德罗发烧了,不到 48 小时就没命了。"

"怎么可能! 几天前我们还看到他在表演,他当时的状态是那么好。"

"他年仅 32 岁,他是那么快乐。也许他本可以成为一个著名的歌唱家吧?"德国记者感到很惋惜,"稍后我去打电报,把慰问电发给他妻子。"

"他有孩子吗?"

"他抛下了两个男孩。"

"谁都无法逃脱黄热病的魔掌。"卡罗莱娜很难过。

第十一章　精彩的辩论

第二天的天气不错,科泽里兹决定邀请凯厄斯和卡罗莱娜一起去拜访参议院。

"快点,我亲爱的朋友们! 阳光灿烂,我们好好享受一下。首先,我约好了和一个我很钦佩的人见面,接下来我将拿出我最厉害的武器。"

"爸爸,你没把你的枪带上……哦,不对! 你是说你……"

"是的,卡罗莱娜,我最厉害的武器……我正摩拳擦掌呢!"科泽里兹打量着卡罗莱娜和凯厄斯。两个年轻人对视着,好像在交流着秘密。

他们稍稍地落在科泽里兹的身后,科泽里兹朝他们走过去说道:"伙计们,你们愿意跟我一起加入到这场战斗中来吗? "

科泽里兹、凯厄斯和卡罗莱娜在十点半左右到达了参议院。三人径直走上宽阔的大理石台面的楼梯, 来到一间陈设着豪华家具的优雅房间里。当他们走到会议厅时,一个人对他们打了招呼。

"你好,科泽里兹,我尊敬的老同事! "

"很久没见了! 你可好呀,鲁伊? "

"我还好,你呢? "

"我也还好。"科泽里兹把手放在凯厄斯和卡罗莱娜的后背上回答道,

"鲁伊,我想把你的情况向我的女儿和我的助手介绍一下。听好啊,年轻人,这是我的朋友鲁伊·巴尔博萨。"

"见到你们很高兴!"这个秃顶的男人比凯厄斯还要稍微矮小一些,他十分有力地和每一个人握手,然后扶了扶架在鼻梁上的小眼镜,并朝科泽里兹转过身来,"喂,老兄,到底是什么风把你吹到这儿啦?"

"我来这里是要和你谈谈鼓励移民,提供资源在这里自由生产的新方案……"

"你还是一如既往地关心移民问题,这太好了!我希望你的方案是成功的。"

"我也希望如此。"科泽里兹扫了一眼朋友难过的脸,"不过,告诉我吧,兄弟,为什么你看上去是这个样子?我原以为你会更加兴奋的。你毕竟从皇帝那里获得了顾问的称号。"

"是的,我是获得了这个称号。"

"那有什么不好吗?"

"好,当然很好,不过呢,授予我顾问这个称号,如果是因为我立下汗马功劳,而不仅仅是出于对我的努力表示认可的话,我会更加高兴的。"

"鲁伊,到底发生什么了呢?"

"为了巴西的教育体系,多年来我努力推行一套有革新思想的提案。毕竟我不只是关心如何让学生掌握字母表和四则运算。我的目标是教会学生如何独立思考,理解各种规章制度,培养爱国情感。"

"这是一个鼓舞人心的想法。那么你的提案结果如何呢?"

"谈不上!我的提案刚被人搁在一边。"

"怎么会那样?"

"所以我说他们授予我称号是对我的努力的一种承认,他们把我的工作成果束之高阁。"

"那你就听之任之而没有反击吗？"

"有时候，我想知道对于这种忽视国家未来的行为，我是否在真正地全力予以回击，还是仅仅只是徒劳地战斗。"鲁伊陷入沉思，冰冷地看着卡罗莱娜和凯厄斯。

他深吸了一口气，朝两个年轻人走了过去，并把双手放在他们的肩上："啊，你们这些年轻人啊，你们对身边的一切是那么兴奋，你们活泼好动，富有创造性，有无法满足的好奇心。我担心的只是你们将面对一个惨淡的未来，从各个角度看都黑暗无边。作为肉体上的奴隶还不算是最坏的命运，当权者们现在想培育思想上的奴隶。黑人沦为奴隶是白人犯下的严重罪行。"

科泽里兹朝他走过去："你之所以焦灼不安，是因为你起草的充满奉献精神的教育改革方案没有获得认可，那是一个巨大的损失。"

"整整四年啊！"鲁伊一边说，一边看着凯厄斯，"我致力于此项改革有四年之久，聆听并记录下巴西各地老师们的意见，去很多班级听过课，甚至还研究美国和欧洲的教育。"

"是的。"凯厄斯笑了，"听呀，写呀，长年累月地坐着冷板凳，没有一个消停的时候，那是一种什么样的生活，我可最熟悉不过了。"

"假如创办新式教育的理想最终得到国家认可的话，我当时肯定会花十年或是更久的时间致力推进新式教育的……比如说，假如我看到解放的奴隶在接受教育的话，我会是何等的开心呢？"

"对我来说，学习和当奴隶一样受罪。"卡罗莱娜和科泽里兹看着凯厄斯，惊讶于他说的这句话。

"哦，孩子，你有这种想法我不会怪你的。"鲁伊笑了，他把一双手搭在凯厄斯的背上，"顺便问一下，如果一个奴隶可以接受一种职业教育的话，你会怎么想？你认为那种教育已经让他变得自由了吗？"凯厄斯停下不回答了。

当气氛缓和一些时,鲁伊继续说:"我渴望看到'儿童乐园'的建成。毫无疑问,如果孩子们从幼年开始就有学可上的话,我们将会与时俱进。学校将让孩子们像花朵一样绽放,让他们的创造性在一个广阔的空间生根发芽。在学校里,孩子们可以在像公园一样的环境里奔跑,用观察自然的方式做调查研究,通过玩耍学习知识……如果像那样办教育的话,我敢保证年轻人再不会觉得学校是一座监狱了。"

鲁伊做了一个古怪的表情,把注意力转向凯厄斯和卡罗莱娜:"新式教育来得太晚了!我们的历史在大倒退。我们的青春陷入像植物一样生长的境地,远离智慧之光和创造自由。如果能看到孩子们有体育、音乐、绘画、化学这些科目该多好啊。"

"化学!"凯厄斯说,"我讨厌化学。我凭什么要学这种邪门的东西?"

"邪门的东西?化学是邪门的东西吗?"鲁伊捋着他的长胡子反问他,"孩子,重新再想想,化学的确是一样邪门的东西。"凯厄斯露出了胜利的微笑。"不过呢,如果把化学知识运用于病虫害防控,在帮助农民朋友上我们会有一些乐趣的。嗯,是的。对织布厂或者洗衣房来说,化学也可以解决一些问题呢。"

"可恶!"凯厄斯把手放在屁股上,他坚持自己的看法,"我要重申我不需要研究化学。我不想当农民,不想当制造商,也不想经营自助洗衣店。"

鲁伊在胸前抄起胳膊,上下打量着这个奇怪的男孩。

"看来你刚好在陈述一些我已经认清的事实:教育改革势在必行。你就是活生生的证明——只要教学的内容是拿起来就用得上的东西,它就可以帮助工人发展必要的技能。"

"教育真能变成你所说的那样就好了。老实说,我不喜欢上学。我只惦记着体育课和课间休息。"

"我惦记着我没有经历过的一切。"鲁伊紧把嘴唇抿了抿说,"我惦记我

没有去过的那些地方,惦记我没有遇到过的人们。我惦记我没有经历过的一段时光,一段属于记忆空白的时光,它给我留下了一笔遗产。我不能容忍未来的改革是一只布满灰尘的旧抽屉。"

"这太荒谬了!"科泽里兹很伤心,"好像被抛弃的新式教育不够格似的。现在的文盲人口比以往都多,我们错过了这个重要的机会。这场改革是要特别尊重更加现代化的、有创造性的、人性化的教育,结束对学生的处罚之类的……孩子应该是快乐的。我不喜欢培养不真实的、伪善的孩子的教育体系。只有当我们创建了一个激励我们独立思考和推理的教育体制,一个教导我们拥有个人观点的教育体系时,我们才能自由和独立。对此,行政部门的官僚什么时候才能明白呢?"

"爸爸,这全是痴人说梦!"卡罗莱娜打断了他的话。

"孩子啊,人只有对一样东西深信不疑的时候才能使之变为现实。"

"这么说,只有男人才能坚持上大学的梦想?"

科泽里兹垂下眼睛没有回答。

"如果没有这项改革的话,女人离上大学就很遥远,是不是这样啊,爸爸?"

"是的,小姑娘。"鲁伊感到很难过,"假如我还做不到解放全体国民的思想的话,至少我得为解放棕黑色皮肤的兄弟们而不断奋斗。这是多么悲哀的一件事。这该有多么困难。"

谈话期间,科泽里兹的同伴格鲁伯和布卢梅瑙走了过来。

"那么,科泽里兹,"布卢梅瑙向大家问候时说,"你做好战斗的准备了吗?我们去参加会议吧?"

"进去的时候你要小心一点。"老格鲁伯提醒道,"大家比平时任何时候都要生气。皇帝解散了议会。"

"又解散议会啦!"科泽里兹感到很困惑,"那么,这次是什么原因造成的呢？"

"原因出在让老年奴隶获得自由的议案。很多人都很失望，包括市长蒙泰罗先生，他最终以辞职表示抗议。"

"是的。"鲁伊补充说，"很多议员期望用一种更大胆的方式扩大改革内容。我个人并不认为这样做是对的。"

"怎么会这样呢？"凯厄斯问。

格鲁伯打断了同事鲁伊的话，继续自己的报告。

"现在，萨赖瓦大臣想让年龄超过六十岁的奴隶在满工三年后获得人身自由，而对年龄超过六十五岁的奴隶要求立刻释放。"

"他们竟把年龄定在了六十五！"布卢梅瑙盯着鲁伊说，"你很清楚这可是罕见的谬论。你知道我们得有勇气创造一项立刻释放所有奴隶们的法律。"

"这我还不明白吗？"鲁伊一边扶正他的眼镜，一边说，"毕竟，萨赖瓦大臣正努力通过的这一项议案比我当初设计的要简单得多。"

"你是指丹塔斯议案吗？"科泽里兹想起来了。

"废除奴隶制需要采取更加有效的行动，去年，在此压力下，皇帝指定自由派参议员丹塔斯作为首席官，拜托他寻找解决问题的方案。丹塔斯是我的朋友，他让我负责议案的起草工作。草案为奴隶解放设置了一些指导方针：重点核实奴隶的年龄、建档错误以及对奴隶合法地址的篡改。草案把六十岁作为设限年龄，对奴隶主不采取补偿措施。该议案还没来得及提交到委员会，便触发了一波抵制活动。"

"六十这个荒唐的数字又出现了。"布卢梅瑙抗议道。

"但是这个议案有一个很大的不同之处。最惊爆的一条消息是，草案为那些被解放的奴隶设置农业聚居地，来援助他们当中找不到工作的人。为了让曾经沦为奴隶的人从事耕作，议案还对从国家手中租借来的土地的逐

步转让制定了规则,让翻身的奴隶成为土地的主人。"

"即便增加了这些改进措施,可是……"科泽里兹插话道,"丹塔斯的议案极具争议性。它把自由主义者分成几派,并引起了保守人士以及想保留奴隶制的人的愤怒。丹塔斯委员会屈从于议员投出的不信任票,但是在皇帝的支持下,该委员会解散了议会并进行新的选举。"

"很遗憾!"鲁伊点点头,"那些是帝国议会当中争论最激烈的议题,受到为数众多的奴隶主们支持的代表最后胜出。我们没能支持这个议案,于是丹塔斯委员会停止了活动。皇帝现在让萨赖瓦大臣继续追踪,然而正如你们所看到的,这个新议案将不是大家所期待的结果。"

"丹塔斯或者萨赖瓦,"布卢梅瑙生气了,"不管是谁主政,我们离制定令人满意的废除奴隶制的措施还很遥远。"

"你显然不知道改变这个国家有多困难。很多议案被束之高阁,你知道吗?与其抱怨,你为何不试着做点什么呢?"

"先生们!"格鲁伯对两个人尖叫着,"委员会已经像是一口煮开了的锅,我们不需要再添两个急性子的人。"尽管两个人各逞口舌之快,格鲁伯继续说道:"委员会里暴力对抗的气焰十分嚣张,很多人已经公开支持共和派啦。"

"闹成那样值得吗?"凯厄斯摇着头,小声地抱怨着,"看上去没什么改变呀。"

"我们会得到什么呢?"卡罗莱娜担心起来,"爸爸,你还想掺和到里面去吗?根据当前情势,不知道大家是否会支持我们的政见。"

"比没有取得胜利更悲哀的,是未经一搏的羞耻!"鲁伊回答道,他越发激动,他用力抱住科泽里兹的肩膀,"我们走,兄弟,我们加入到论战中去!"

参议院还在开会。凯厄斯和卡罗莱娜站在靠近大门处,会场的情况他们看得一清二楚。会议厅并不是那么开阔，为代表和议员们准备的座位排成字母 U 的形状。中央放着一张桌子，两侧各放着一个讲台，周围还有一处旁听席。参议院议长强烈要求代表们不要喧闹。很多人站着，猛力地挥舞着手臂；一些人甚至在这种混乱的环境中悄悄打起了瞌睡。讨论时的喧闹声越演越烈。拱形顶棚让噪音格外刺耳。科泽里兹和他的朋友布卢梅瑙以及格鲁伯一起走到讲台边，准备发言。

"尊敬的各位代表！就业危机威胁着整个国家，当前粗放的大农业应该朝集约型小农场转轨，这是不争的事实。如此一来就可以给所有人创造工作机会。多亏了产品的多样性，以及我们得天独厚的肥沃土壤，正因如此，我们都关注着移民的榜样——北美洲，它因移民获得了巨大的发展，受到全世界的赞赏。"

议长费力地要求与会者保持安静。等了几分钟之后，议会领导请科泽里兹继续演讲。科泽里兹非常兴奋地开始把移民的处境带入议题。他非常生气地表示，在咖啡种植园，来自亚洲的移民被迫工作数年之久，他们处于近乎奴隶的地位。在他的长篇演讲过程中掌声不断，代表咖啡业大亨们利益的议员极其愤怒，会场各处始终都在议论纷纷。

讨论还在进行当中，凯厄斯和卡罗莱娜因为是未成年人而被迫离场。尽管两人央求留下来，但是警卫始终不答应。他们别无选择，只得待在会场的外面。他们趁警卫离开的空当一直斜靠在大门上。

因为会场里的叫嚷声，凯厄斯和卡罗莱娜听不清科泽里兹在说什么。两个小时过去了，会场的大门终于打开了。人们潮水一般拥了出来，几乎要把他们撞倒在地。在一片混乱之中，有几位热血的激进分子向记者科泽里兹表示敬意。在人潮中，凯厄斯和卡罗莱娜推开一个又一个人，直到他们能够走近科泽里兹。

"爸爸，你看到皇帝陛下了吗？"

"还早着呢,宝贝女儿。我们还得等一等。"

"等什么?"凯厄斯急忙问,"你可别说还有演讲在后面啊。"

"没有啦,这和演讲无关。与会代表的讨论气氛热烈,很多人支持我们给协会拨款,这样我们就能够鼓励来自世界各地的自由人的移民,可是……"

"可是什么?"凯厄斯和卡罗莱娜打断了他。

"现在,我们必须等待皇帝的决定。一切都掌握在佩德罗二世的手中。"

## 第十二章 夺回电报

那天早晨，当凯厄斯从窗户远眺塔糖峰时，他感到闷闷不乐。宾馆静悄悄的，当时有几个旅客从门前经过。卡罗莱娜还在她的房间里，科泽里兹正在前台接待处打电话。科泽里兹甚至睡不着觉，他对皇帝的决定是那么忧心忡忡。凯厄斯十分苦恼，有更多的事情需要等待。

"不可能！"科泽里兹挂断电话时抱怨说。

"发生什么了？"卡罗莱娜从楼梯上走下来时问。

"我刚刚得到消息，说皇帝为了帮助来自全世界的自由移民，他支持我们的基金会等一系列相关的想法，可以肯定的是，政府应该提供支持。"科泽里兹从宾馆大堂的一侧走到另一侧。这时凯厄斯走了过来。

"有什么问题吗，爸爸？那不是你希望看到的结果吗？"

"是的，不过……"

"这太棒了！"

"可是……"

"什么？"科泽里兹的女儿被她爸爸搞糊涂了。

"你不知道情况，亲爱的。昨天晚上早些时候，委员会的一个同僚给我打电话。他告诉我说，对我们的提议，皇帝拒绝帮忙。"

"你是什么意思？皇帝拒绝了吗？你刚才不是还说皇帝支持吗？"

"问题就在这里，卡罗莱娜。听到这个坏消息时我是如此放心不下，我甚至没有通过其他渠道确认这个消息是否可靠……我怎么可以这么冲动呢？我怎么可以那么做呢？"

"爸爸，你都干什么啦？"

"我如此担心和焦虑，以至于我今天还去了一趟电报局才算完事。"

"可是你去得也太早了！电报局还没开门呢。"

"我知道还没开门。所以我让一个小伙子等在那里，让他在开门后把电报交给柜台发出去。"

"你把什么留在那里？"卡罗莱娜把一只手按在另一只手上，问道，"你在电报里都说了什么？"

"我给南方各大报社写了一份声明，呼吁大家组织起来抗议皇帝的决定。"

"太可怕了！"

"现在你终于明白了。"科泽里兹叹了一口气。

"爸爸，你怎么可以那么做呢？"

"哦，那我该怎么做？你非常清楚一个好的新闻记者应该反应迅速，否则他发出的文稿就不再是新闻了。另外，作为与会代表，我不得不趁早削弱反对派的实力。"

"现在我们得去电报局啦！"卡罗莱娜一边拾起她的手套，找她的伞和帽子，一边得出结论，"我们还来得及阻止这份电报发出去。"

"我去不了。"科泽里兹泄气地说。

"为什么呢？"女儿觉得爸爸的话很奇怪，"你不是说你还有更多的问题尚待解决吗？"

"昨天晚上，丹塔斯先生提醒我，说我又获得了一次在夏宫拜谒皇帝的机会。"

"是佩特罗波利斯①的那个夏宫吗？"

"是的。皇室成员在那里已经有好几天了。我必须和皇帝聊聊天，并感谢他做出的决定。我必须对他谈及南方的形势——那些必将到来的并需要土地、财政等资源支持的新移民……但是我还得去一趟电报局。在这么短的时间里，我有很多需要解决的问题。为了确保轮到我发言时我们已经到场，我们得赶上汽船，然后搭火车……"科泽里兹轻轻地拍了拍自己的夹克口袋，找他那只用金链条系在裤子上的表，"我们的确一直不顺利。蒸汽船五十分钟之后就开来了，我不能错过这个机会。我们的钱快用完了。我们待在这里的时间比一开始预计的要久，开销真大啊。"

当卡罗莱娜看到爸爸拿起帽子冲到前门时，她问："你要去干什么，爸爸？"

"我要去电报局。我要阻止这份电报发往南方。同时，我希望你做好准备去一个叫普林哈的地方，你在汽船前面等我。"

"时间来不及了，爸爸。"卡罗莱娜斜靠在门上。

"我不得不尽力争取。不管怎样，所有这些事我都得解决好。"

"你别去了。"凯厄斯努力阻止他，"让我去电报局吧，你可以和卡罗莱娜一起去佩特罗波利斯。"

"就算你能把事情办妥，我又怎么知道呢？"科泽里兹焦虑地回答，"在确定电文没有被发出之前我不能去佩特罗波利斯。这件事情太重要了。"

"我去。"凯厄斯坚持要去，"我去电报局，然后尽快赶到汽船那里。"凯厄斯盯着还没有打定主意的科泽里兹的脸，"相信我好了，我不会有闪失的。"

"让他试试吧。"卡罗莱娜请求道，她把双手搭在凯厄斯的双肩上，"我

①佩特罗波利斯市于1843年3月16日根据官方法令设立，其名称取自佩德罗二世皇帝。敕令建造的皇宫及其附属设施形成了佩特罗波利斯皇家农庄。

相信你是不会错过上船的。"

"好吧……"科泽里兹从口袋里拿出一些零钱和一张纸来,"把钱带上。纸上写有电报局的地址。你乘电车到那里后找一个叫托马斯的男孩。电文我已经交到他手上了。"

"放心吧!"离开之前,凯厄斯拿起帽子,转身对科泽里兹说,"这项任务,我绝对不会有闪失的。"

凯厄斯全速奔跑着,他赶上了已经上路的畜力车。内心的焦虑让他紧张起来。拉车的这些骡子似乎几年才能跨过一个街区。在行进的途中,畜力车从一个小男孩身边经过。这个男孩在和另一个男孩说着话,并骄傲地向他展示刚刚研发出来的具有创新技术的自行车。自行车有两个大小一样的轮子,靠链条装置驱动前进。

凯厄斯没多想就从蜗牛一样的畜力车里跳了出来,并跑到两个孩子那里。他把那辆自行车接过手,向车主人保证他会归还的,说罢扭头就走了。凯厄斯努力借助那辆在当时属于最新款式的高级自行车,从狭窄的大街上快速骑过。

此时,他看上去动作笨拙,神情焦急。在斜坡上骑行该有多么困难!车轮就是不听使唤,车闸也不好用。更糟糕的是,因为轮胎很窄,每经过一个坑,自行车就像一匹野马似的跳起来。虽然骑行得不够快,但他还是很高兴。

凭着一股顽强的拼劲,凯厄斯最终到了电报局。凯厄斯非常幸运地找到了那个叫托马斯的男孩。托马斯负责发电报,此刻他正坐在椅子里小睡。当凯厄斯不顾一切地摇醒他时,托马斯的神志还没有完全清醒过来。托马斯把科泽里兹先前托付给他的那份电文和硬币都交还给了凯厄斯。

凯厄斯拿到电文后非常高兴,他准备返回,与科泽里兹、卡罗莱娜会合。可是,自行车僵在那里几乎无法前进,握在手中的车把都碎裂了。凯厄斯很生气,他环顾四周好像在期待一个奇迹出现,以便让自己走出困境。

这个时候，一个穿套装的男人拿着一个包裹，朝邮局大门冲过去。当这个跑步前进的男人最终撞上别别扭扭推车前进的凯厄斯时，他的包裹掉落在地。一对闪闪发光的崭新的金属物引起了凯厄斯的注意。

"不会吧！怎么可能呢？"凯厄斯很惊奇，他蹲在地上欣赏起其中一个金属件，"这里怎么会有这玩意？"

"有意思，我也在问自己同样的问题。"那个男人粗声粗气地说道，"我在订购这玩意的时候不知道自己是怎么想的。当我使用它的时候，我差点儿折断了脖子。"他从地上拿起盒子说："当你根本不知道产品该如何使用，却总想成为购买来自美国新鲜玩意的第一批人的时候，就会碰到这种情况。现在我只能试着退回这件商品。但愿我能拿到退款。"

"你打算退货吗？"凯厄斯一直都拿着那个东西。

"当然！此外我还能干什么？"

"啊，我不知道。退货会花很长时间的。另外，表面上有这些划痕之后，他们不会答应退货的……"凯厄斯检查了一下那个玩意，接着他有了一个想法，"如果你不想浪费时间的话……那卖掉它怎么样？"凯厄斯一边说，一边把裹在记者文稿里的钱拿了出来，"成交吧？"

在桑塔纳营地公园里的这一天，好像不过是又一个阳光明媚、安静祥和的日子。一些妇女和同伴们在宽阔的煤渣跑道上漫步，孩子们在树丛里奔跑。

一些小男孩在这个温暖的日子里，利用新开放的公园享受着瀑布里的清凉。瀑流将石头围成的水池填满，水池里的金鱼与悠闲自在的鸭子、天鹅在一起游泳。小男孩们非常兴奋地离开了水池，湿着脚丫从一条狭窄的过道上开始跑起来，一直跑到一个岩洞跟前，整块岩石的里面都是空洞洞的，他们走过这片漆黑的新世界，可怕的蜘蛛网从险象环生的岩洞顶部垂下来。洞顶布满了钟乳石，钟乳石的尖尖上是亮闪闪的水晶。这里的一切对这

群渴望挑战的孩子们来说都非常有吸引力。狭窄的入口迫使他们放慢脚步,互相紧挨着一起走。他们又小又嫩的胳膊很容易被粗糙的岩壁刮伤。但是出现了一个回声——洞外不断传来的这个回声迫使他们避开了这个非常冒险的行动。

在洞穴外面,另一些兴奋的男孩们警告洞内的孩子,说周围发生了让人意想不到的事情。洞内的孩子们感到很好奇,他们会合后沿着通往公园出口的小路走了出去。他们以最快的速度奔跑着,并选择了一条捷径,避免错过这一天当中也许最有吸引力的一件事。当这些孩子看到做梦也想不到的一幕时,他们欢呼起来。

在这些孩子的面前站着另外一个男孩,一个比他们稍大一点的陌生男孩。对于从他身旁经过的那些大人们来说,这个男孩看上去简直不可思议。他的走路方式是如此新潮——他借助一双下面安装了一排轮子的金属鞋滑行,轮子一共有五个,被固定在奇怪的有系带的皮鞋上。这金属鞋的设计灵感好像直接来自科幻杂志,或者来自法国作家儒勒·凡尔纳①笔下的作品。

这个男孩滑过栏杆,以及建造中的房屋的木斜坡。为了避免铺满鹅卵石的街道以及狭窄不平的街道,他从人行道的一侧跳到另一侧……一群受了惊吓的妇女急忙把小孩从路上引开,以便这个怪诞的男孩能顺利通过,而不是朝他们冲过来。四处一片骚动。凯厄斯习惯了用木铝材料制作的溜冰鞋。由于是钢珠,脚下的那排轮子在做曲线运动时非常完美,但是在需要刹车时……他该如何停下来呢?

"让开!"凯厄斯对着他前面的两个男人叫道。

人群中的一个男人吓坏了,他朝街道的一边靠过去。与此同时,另一个

---

①儒勒·加布里埃尔·凡尔纳(1828—1905),法国小说家、博物学家、科普作家,现代科幻小说的重要开创者之一。他以其大量著作和突出贡献,被誉为"科幻小说之父"。代表作有《地心游记》《环游世界八十天》《海底两万里》。

男人想不明白是怎么回事,他一个劲地朝街的另一边靠过去。就算人们乞求有什么东西可以阻止这场灾难,但是看来这一切都必然会发生。凯厄斯正在兴奋的劲头上,他连眼睛都没眨一下。在最后一刻,他深吸了一口气,打算滑行得更远!凯厄斯借助一处木制的斜坡,临时来了一个难以置信的跳跃。所有人脸上都露出不可思议的表情,他们看着他滑过去。

凯厄斯把围观的人群抛在身后,他继续朝前滑行。当他听到教堂的钟声宣布他已经赶不上登船时间的时候,他的心开始猛烈地跳起来。他奔跑着,跳跃着,继续改变方向,最终赶到了目的地普林哈……科泽里兹和卡罗莱娜正在那里登船。在汽船的正前方,通往码头的台阶上有一道关闭的大门,挡住了凯厄斯与他们会合的去路。

凯厄斯尖叫着,他挥舞着手中的文稿,想借此吸引科泽里兹的注意力。可是科泽里兹没有朝他这边看。卡罗莱娜也没有注意到他绝望的手势。她看上去正忙着安慰她忧心不已的爸爸。凯厄斯四周看了看,他想找到一个到达那两个人身边的办法。他绞尽脑汁地想,下定决心要登上那艘已经准备起航的汽船。此刻可不是害怕的时候,他得采用某种极端的方式放手一搏了。

在一个小码头上,数不清的船只来来去去,一片繁忙的样子。一些渔夫费尽心机,以便能吊起满载鱼儿的渔网,其他的码头工人在码头上试着堆放木头。

凯厄斯注意到那些楼梯、渔网,接着他仔细观察狭长的那些板条,它们被放错了位置,以至于可以从一侧摆动到另一侧。

凯厄斯在入口楼梯处的轨道上,一会儿向左倾斜,一会儿向右倾斜,以保持平衡。"喂,小孩,你在那里干什么?"一位穿着制服的船长指责凯厄斯,"快从那里离开!你疯了吗?"

凯厄斯没把船长的警告当一回事,而是开始了他的疯狂举动——顺着

轨道滑了下来。大家都害怕地看着他。科泽里兹和卡罗莱娜注意到发生了什么情况,他们试图搞清楚是怎么回事。他们几乎不能相信自己的眼睛。凯厄斯用极快的速度滑了下来。最后,他跳了起来,并抓住渔网上的几条打捞绳。凯厄斯用力抖动绳子,绳子摆了起来,正好落在一根板条的边上。围观的人深吸了一口气,他们认为这孩子要完蛋了。有人开始尖叫,大家都往上空看。凯厄斯松掉手中的绳子,绳子掉了下去,渔网开始急速往下坠。

"别那样啊!"卡罗莱娜很害怕,"凯厄斯,危险呀!"

话音刚落,在这个临时跷跷板的一端发出了渔网强烈的撞击声。而凯厄斯在另外一端等待着自己的最后的壮举。和他计划的一样,他被弹射到空中。那之后他不断下坠,直到坠落在他要到达的地方。这个疯狂的家伙终于在汽船的木制甲板上落地了。

"凯厄斯,你为什么要这么疯狂呀。"卡罗莱娜生气了,"你想找死吗?"

"别激动。"科泽里兹一边扶着凯厄斯,一边问,"你伤着了没有?凯厄斯,你没事吧?"

"我当然没事!"凯厄斯回答说。他从地上抓起自己的帽子。

"年轻人,你太冒险了。你真的没事吗?"

"我好着呢!"凯厄斯说,他还在兴奋之中,努力在口袋里找着什么东西,他的手指头碰到了一些皱巴巴的纸,"长官,你交代的艰巨任务,我完成了!"

当科泽里兹认出是他的文稿时,他夸道:"太棒了!凯厄斯,你把事情办妥了!孩子,你真懂得如何应对挑战!"

记者科泽里兹带着两个忠实的随行者乘船在海湾里前行,沿途经过几个岛屿,例如帕克塔、总督岛,最后在毛阿港下了船。他们在港口搭上火车,沿着巴西的第一条铁路线的轨迹——维斯康德·迪·毛阿大道前行,去一个坐落在阿更山山脚下叫瑞兹·达·塞拉的地方。他们三个人在那里又搭上另

一辆火车,车厢又宽又长。

卡罗莱娜已经感受到天气的炎热,她在车厢里摇摇晃晃了好几个小时。她把她的小雨伞和小册子丢在一个角落里,用钱包枕着头靠在椅背上。在欣赏完景色之后,她安安静静地睡着了,仿佛是在摇椅中安眠似的。

火车在高速前进——对科泽里兹来说至少是那样。火车越过低矮的沼泽,接着又走过一段危险的路之后,开始爬升到八百米高的山峦中间。

位于尾部的牵引机车发出噪音,喷出大量黑烟。在牵引机车的齿轮和齿条的作用下,巨大的推力推动着载满乘客的宽阔而时髦的车厢。

当科泽里兹无意中发现隐身在云天之中的那座小镇——佩特罗波利斯的时候,他的担忧终于被打消了。此前,他一直怀疑跟随着他的两个孩子是否经受得住一天旅途的折磨。

凯厄斯好不容易从遮蔽视线的雾气中寻到一条缝隙,当看清外面时,他惊讶并陶醉于里约热内卢原生态的风景。此前,这样的景象只有通过照片或者古老的油画才能欣赏到。让凯厄斯从眼前这幅活的图画中转移视线的是一群突然出现的骑在骡子背上的人们。

这群人对火车这个巨大的金属怪物猜疑不定,骑骡人坚持要亲自登山。科泽里兹也在观察着路上来来往往的每一个人。他曾经为修筑那条道路所花费的大量金钱而感到惋惜,而现在这条道路消失在铁路的一侧。

汽笛声提醒他们现在火车已经驶入平原地带。火车发出的噪音没有以前那么厉害。再朝前行驶一段路之后,人们卸下了牵引机车。此前,是靠它才把火车推上高山地带,完成几乎无法完成的使命的。在几匹骡子的帮助下,另外一台牵引机车被连接到了火车前面。接下来,就靠它全速行驶,牵引着火车奔向最后一站,跑完余下的路程。

“我们到了!”到站时,科泽里兹说,“孩子们,跟上啊!我们试试看能不能租一辆马车去宾馆。”

"去宾馆？"凯厄斯感到意外。

"当然是去宾馆，年轻人。"德国记者一边让马车夫停下来，一边回答着凯厄斯的疑问，"时候不早了。这次出门路上消耗了不少时间。我们必须稍作休整，换洗一下我们的衣服。你想想看吧，要是我们穿着皱巴巴的衣服去的话，皇室成员一定以为我们很没礼貌。卡罗莱娜也得穿上她节日的盛装。"

"我们还得填饱肚子。"卡罗莱娜拧着下巴下面的帽绳，抱怨起来，"火车上的餐厅看上去是挺好，可是即便如此，旅途期间我还是什么也吃不下。"

"我也吃不下。"凯厄斯说，"对我来说，旅行观光与品味美食从来都没有两全其美过……现在，我的肚子可是饿得咕咕叫啊。"

"就是嘛，我们出发吧！"科泽里兹又在催他们。他把两个年轻人推进马车里，然后深吸一口气，欣赏起周围的风景来，"佩特罗波利斯是一座人见人爱的小镇。欧洲人的生活方式被移植到了巴西。在当前环境下，我们看到的几乎是一种童话般的境界。1828 年的时候，那些可怜的移民被发落到这里来。他们伐木取材，破石开荒，尽管辛勤劳作，但收获的粮食却不足以果腹。他们当时绝对没有想到，有一天他们生活的这个地方会兴旺发达起来，成为首善之区。我们走吧！明天一早我们还能得到皇帝的召见，要是运气好的话，我最终还能采访到他呢！"

在佩特罗波利斯小镇，有几幢瑞士风格的建筑。一条条水渠穿过鲜花盛开的一座座城市公园，好几道桥梁跨越宽阔的大街。尽管最近几天小镇遭遇了大雨，城市面貌还在恢复之中，但游人所留下的强烈印象是：比起首都里约热内卢，这个地方享受着更高级别的待遇。这时，在市民散步休闲广场中央，一群衣着光鲜的观众欣赏了一支乐队的表演。他们中的大多数是金发碧眼的孩子，他们是居住在这片极其凉爽的山区的德国移民的后代。

　　抵达宾馆的时候,迎宾打着领带,戴着白手套,他们向三位客人问好。一切都散发着皇家气息。之后,三个人在一间宽敞的房间里住了下来,接着他们准备吃午饭。凯厄斯只是呆呆地坐在一张长桌子边上,科泽里兹怀疑有什么地方不对劲。饭厅里尽管坐满了客人,但是大家都安安静静的。

　　"这叫什么呀?"凯厄斯扔下手中的餐叉,抱怨起来,"这里的东西太难吃了!"

　　"是啊!"科泽里兹一边用餐巾布擦着嘴,一边答道,"葡萄酒的品质也很糟糕。"

　　"现在我总算明白大家为什么都不说话了。"卡罗莱娜看了看四周说,"这些可怜人也许在这里住很久了。"

　　"那又能怎么样呢?"

　　"爸爸,面对这样的食物,这些人吃一口之后就不愿再张嘴了。"

## 第十三章  鉴别硬币挑战赛

接下来是一个阳光明媚的日子。对德国记者一行三人来说,宾馆提供的难以下咽的早餐迫使他们不得不尽快离开这里。他们雇了一辆四轮马车,由两匹马拉着,沿着石子路一阵小跑,没多久就走到了皇宫的花园入口处。

三个来访者在正门前面看到了伊莎贝尔王妃正被一个仆人搀扶着从一辆六匹马拉的皇家马车上走下来。科泽里兹向她表示了问候。王妃的女儿也从马车里走出来,她用一只手把她珍贵的小册子按在胸前,科泽里兹帮着公主下车。

"王妃,您好!"记者科泽里兹一边行吻手礼,一边问候她。

"欢迎欢迎!"王妃的声音又尖又细。

"谢谢您,王妃。我可以介绍一下我的女儿和我的助手吗?"

"见到您很高兴,王妃!"卡罗莱娜一边问候,一边也吻了一下王妃的手,并稍稍点了一下头。

凯厄斯连忙非常笨拙地行了一个鞠躬礼。

"您都好吧?"科泽里兹问,"那些工匠们最后想办法结束翻修宫殿了吗?"

"很不幸,还没有呢。在我们宫殿这里,还有很多工作要做。我想我们还得继续和我的父母在一起住很长时间。"

"那其他宫殿呢？我想那一处大殿是为年度花展以及农贸交易会修建的……"科泽里兹指着远处一座宫殿问道。

"水晶宫？哦，那个大殿是举办下一届舞会的场所，目前还在进行翻新的收尾工作。我想，到年尾的时候，我们将有一届盛况空前的关于农产品的最佳展览。"

正当科泽里兹和王妃交谈时，凯厄斯对卡罗莱娜做了个手势。他让她看一个站在他们面前的人。这个人穿着优雅的外套，上面有很多夸张的缀饰。凯厄斯尤其对这个男人的裤子感兴趣。因为两只裤脚被卷到了脚踝，和衣服的其他部分形成鲜明的对比。那个男人穿过宫殿花园，跟在两个穿燕尾服的小男孩后面拼命地跑。小男孩不停地逃跑着，或扭动着身体从男人的手中脱身。孩子们笑声不断，他们拒绝向筋疲力尽的追赶者投降。

"太难以置信了！"当卡罗莱娜认出那个男人时，她努力不流露出惊讶的表情，"那是特奥爵士吗？"

当王妃听到有人喊特奥的名字时，朝她的丈夫和两个孩子看了过去。"哦，天哪，他们又在胡来了！"她叫了一声，朝科泽里兹转过脸去，"对不起，科泽里兹，我现在得离开一下。这两个孩子又在胡闹！"王妃在向他们告别时稍稍点了一下头，之后就匆匆忙忙朝她的丈夫跑了过去。"不过，我亲爱的科泽里兹，你可别忘了……"王妃一边跌跌撞撞地走远，一边回头喊道，"我希望你还有你的同伴们到时候去参加水晶宫的舞会。"

"我会使出我全部的本事的，王妃！"科泽里兹笑着对王妃喊话。

三个人跟皇室夫妇道别后，有两个仆人接待了他们，把他们引到一楼的一个聚会厅里。

大厅里男男女女高朋满座，他们都在静候皇室成员莅临。这个场面让凯厄斯想起了一个童话故事，不过这个地方有点奇怪……所有的客人看上去都忧心忡忡。科泽里兹正打算进入聚会厅，这时有一位女士的小狗从主人的大腿上跳了下来,箭一般穿过大厅。尽管大家脸上痛苦不安的表情很明显,但是没有一个人挪动一下位置。科泽里兹觉得有点可疑,他拉住助手和女儿的胳膊,防止他们踩在聚会厅的地板上。他的猜疑得到了证实。陷阱就在离他们一步之遥的地方等着他们。

在这种情况下,仆人们迫于无奈,去追赶逃走的小狗。虽然他们试图保持站立的姿势,但打过蜡的地板光滑如镜,他们还是打了一个趔趄。当那只小狗从这些男仆的大腿之间穿梭时,他们为了站稳脚跟想彼此抓牢对方,或借靠家具来支撑自己的身体。每个人都努力克制自己不笑出声来。他们知道任何一个不慎的动作都将让自己成为下一个倒霉蛋。仆人们对抓住小狗完全失去了信心,他们双手双膝着地,开始绝望地在地板上爬行。在不知费了多大的劲之后,他们终于设法抓住了那只狗,并离开了房间。

两个小时过去了,门卫宣布皇室成员大驾光临。尽管所有的客人都筋疲力尽,但是他们都一动不动地站着。他们都担心地看着大门,等待皇室成员走进滑溜的聚会厅,那肯定会是滑稽可笑的一幕。

皇后特里萨夫人滑行着进入了房间,皇帝佩德罗二世跟在她的身后。皇帝穿着黑色的燕尾服,衣服上镶着一个巨大的饰物——巴西货币克鲁塞罗。让大家都觉得奇怪的是,什么情况也没有发生。

巴西皇帝慢慢走到聚会厅的中央,脸上带着微笑,他戏谑道:"今天恐怕你们是看不到我跌倒时出的洋相了。"皇帝没有公开他葫芦里卖的是什么药,他稳重而迅速地穿过聚会厅,站在德国记者的旁边。"听说你找我找了很久。能再次见到你,我真的非常高兴。"佩德罗二世对卡罗莱娜瞟了一眼,继续说道,"你是不是为我带来了你的大作呀?"

"陛下,我的确带来了。我想把一部诗集作为礼物送给……"卡罗莱娜胆怯地递过一本小书,她只说了半截话就停了一下,"不知道您是否……"

"你这么有心,实在是太感谢了!"佩德罗二世接过书说,"我会竭诚拜

读的。"

"陛下,您待人一直都非常亲切!"科泽里兹说,"如果您允许的话,我想介绍一下我的助手……"刚说到这,科泽里兹发现凯厄斯不见了踪影,"凯厄斯人呢? 哦,天哪,他可别又弄出一些意外! 我想知道他到底遇到了什么麻烦……"

"出什么事了吗?"皇帝询问道。

"陛下,为了不给大家添麻烦,但愿没出什么事。"

"那好吧,请跟我来。你们将是我的特殊客人。"

科泽里兹和卡罗莱娜跟着皇室的随从人员穿过一处安全通道,直达另一个聚会厅的入口处,其他宫廷成员都被抛在了身后。

科泽里兹和女儿走进一间大厅。一些代表、参议员和其他参政人员,比如萨赖瓦大臣和非洲王子奥巴二世阁下都在这间大厅里等待着后来的参会人员。

皇帝一副神秘莫测的样子,他在自己的御座上坐定,并吩咐仆人打开一扇侧门。"年轻人,你可以进来了。"他说。

当卡罗莱娜和德国记者看到凯厄斯的时候,他们简直不敢相信自己的眼睛。凯厄斯咧嘴大笑,步入大厅时他挥舞着手臂向大家表示问候。皇帝示意他去和他的朋友们待在一起。虽然记者很好奇,急着想弄明白凯厄斯是如何从侧门出现的,但此时他被一位秃头先生搞得心烦意乱。

这个人举止优雅,脸色苍白,鼻梁上架着一只单片眼镜。他走近佩德罗二世并对他耳语了点什么。在他说完之前,聚会厅里的人都静悄悄的。科泽里兹和凯厄斯认出那个人是铸币厂的索布拉吉博士。在获得皇帝的许可之后,索布拉吉博士把脸朝向在场的各位。

"先生们,我是巴西铸币厂的厂长。今天由我来为与会的十位贵宾颁发新出的系列纪念币。硬币上的图案采用的是陛下的肖像。我们借这些硬币,谦恭地向我们取得伟大成就的皇帝表示敬意。被陛下选中的每位客人将有幸获得一只装有十枚金币的皮包。不过呢，我们刚刚获得消息，说是有一只皮包里的十枚金币是赝品。"

话音刚落，房间里顿时爆发出一阵嘲笑声，大家叽叽咕咕起来。不过，铸币厂厂长没有理会这些喧闹声，他继续往下讲："赝品的外观与正品非常相似，但是我们发现它们才9克重，而正品是10克。所以在散会之前，我们请大家稍作忍耐，以便我们对各枚硬币进行确认。"

"为什么你需要花那么多的时间才能辨认出赝品呢？"非洲王子奥巴抄起胳膊，埋怨起来，"全部称一下不就完事了吗？"

"你有什么建议？"大臣问奥巴。

"你看啊，如果你已经知道只有其中一堆十枚为赝品的话，那么你就可以确定是哪一堆的硬币重量不足，我相信称三次之后就真相大白了。"

"你说错了。"财政大臣阿达尔贝托说，"称两次就够了。"

"你真的这么认为吗？"奥巴和他抬杠，"那你称给我们看呀。"

"大家如果有点耐心的话，"铸币厂厂长努力让大家保持镇静，"我敢肯定事情很快就会得到解决的。"

"伙计们！"一个参议员用一种不认可的口气引起大家的注意，"要称这些硬币的话，我可以亲自出力帮忙啊。"

"单干是不行的！"一个代表抗议道，"我们必须成立一个财务小组。我们可以把这件事纳入下一次集会时的议事日程里……"

"我们不可以先休会吗？"另一个代表问，"检查赝品要花费很多时间，除非我们另外召集一次特殊的集会。"

"可是这位同僚大人忘了这些集会常常会导致官方账户上的巨大赤字。"巴西铸币厂的一个雇员补充说，"如果我们额外增加一次集会，我们就得为与会者支付额外的开支，这样会超出我们不稳定的财政预算。"

"这是不能允许的!"大厅后面的一个人脱口而出,"老百姓甚至又要遭受另一次缩减公共财政预算的痛苦。"

"假如我们采用量入为出的财政政策会怎么样呢?"财政大臣提议问道。

"用在教育支出上的财政,我想会好过以往。"一个参议员考虑很久后说。

"大家别讨论了!"另一个参议员严厉地说,"从政府的任何预算中我都没有捞到好处。"

"哦,天哪!乱成一锅粥了!"卡罗莱娜说,她看上去受了惊吓。

"他们好像喜欢让一切事情复杂化!"凯厄斯说,"有些事情哪怕过了一百万年还是一副老样子。"

卡罗莱娜盯着凯厄斯,好像她很难听懂他说的话的意思。

凯厄斯非常恼火,他叫起来:"那你们就称一称吧?"

除了非洲王子奥巴,大家都被凯厄斯粗鲁的打岔吓了一跳。非洲王子回应道:"他说得对!解决这个问题,我们至少得称重两次。"

"我相信一次就能解决问题。"财政大臣阿达尔贝托把一根指头靠在奥巴先生身上,向他提出挑战。

新铸造的硬币中含有赝品这件事一石激起千层浪,皇帝为之兴奋起来。他决定对仍在争论中的与会者发表他的看法:"我们来一场比赛怎么样?"

与会各方你看着我,我看着你。

"我想知道谁有本事使用一台精确的台秤,通过一次称重就能解决这个问题。谁要是赢得这场比赛,不但可以多得一包金币,而且可以和我一起度过一个下午的时光,对我进行独家采访。"

"陛下,这场比赛任何人都能参加吗?"科泽里兹故意问他。

"是的,亲爱的记者。你想参加比赛吗?"

"我?哦,我不参加,不过我的助手倒是想试试。"

"你说我吗?你别提到我呀!"凯厄斯吃惊地说。他企图溜掉,但是科泽里兹抓住了他的胳膊。

"为什么要他出马呢,爸爸?这个问题你自己解决就好。要是让凯厄斯解决的话,你就得不到那包金币了。"

"没关系,宝贝!"科泽里兹看着凯厄斯笑了,"毕竟在码头上的时候,我们这里的天才小子就已经证明,他的脑子可以转得比任何人都快,并在复杂的情况下做出反应。是这样吧,年轻人?"

"可是,我……"

"哦,来吧,凯厄斯!"科泽里兹坚持他的看法,他把一只手搭在凯厄斯的肩膀上,"你到了面对新挑战的时候了。"

"是的,出手吧,凯厄斯。"卡罗莱娜握着他的手说,"我爸爸说得对。你比你眼中的自己要棒多了。"

"可是,我……我也许会失败的,那么可能取胜的科泽里兹就会错过领奖的机会……"

卡罗莱娜做出一个大胆的突如其来的动作——她搂着凯厄斯的脖子,在他的嘴上亲了一下。

凯厄斯觉得时间凝固了。除了呆立在那里张口结舌地看着这个毅然决然的年轻姑娘之外,他没有别的什么反应。

"加油吧,凯厄斯。我相信你!"卡罗莱娜对着凯厄斯的耳朵稍微有些嗲声嗲气地说。

台秤被人抬了进来。大家把参赛者围成了一个圈。圈内共有十人,包括还在争论不休的奥巴二世和财政大臣阿达尔贝托。凯厄斯站在圈外等着轮到自己上场。

第一个来挑战的人是一个参议员,他绕着台秤走了几圈,不管如何努力地思考,连解决问题的边都没有摸到。所有的参赛者都充分利用他们所获得的机会,但是没有一个能给出一个看似有道理的答案。

当围观者们为失败的尝试笑翻天的时候,凯厄斯把注意力集中在一个站在聚会厅后面的男服务生身上。他端的托盘里放满了水晶高脚酒杯。服务生不知道有人在注意他,他偷偷地从一只酒杯里呷了一口酒。服务生在确信没有客人看到他的小动作之后,又从第二只酒杯里呷了一口酒。服务生觉得更加自由自在,他越发充满了自信,他准备从剩下的酒杯里再痛快地多喝上几口酒……凯厄斯对眼前的这一幕感到很有趣,这时有人用肘部轻轻地碰了碰他的胳膊。

"凯厄斯!"卡罗莱娜严厉地说,她又碰了碰他,"注意! 快轮到你了。"

尽管觉得有点恼火,凯厄斯还是将目光从服务生身上收回,转而注意起奥巴二世来。这个非洲王子正把一堆堆的硬币分成几组,他看上去在专心思考问题。几次称重失败之后,王子失去了机会。

当两个参赛者没有取得成功之后,终于轮到凯厄斯上场了。凯厄斯成为大家注目的中心,这让他有些心慌,当他看到科泽里兹和卡罗莱娜为他呐喊加油时,他设法让自己放松下来。当他在台秤前站定时,他发现自己被非常好奇的人们围了一个圈。一些人捋着山羊胡子,其他年龄稍长一些的则摆弄着他们的单片眼镜,以显得高人一等。年长一些的妇女们不停地打着扇子,对整个比赛显出厌烦的样子。唯有那些在凯厄斯近旁观看的年轻姑娘们支持这场比赛。

凯厄斯转身面对皇帝。佩德罗二世露出鼓励的笑容,他的花白的络腮胡须整齐而干净。于是,凯厄斯立刻对自己更加有信心了。凯厄斯深思了有那么一会儿。他没有什么具体的想法,他只是摸着每一堆硬币,从一堆中拿开几个,形成新的一堆……时间快用尽了,凯厄斯不断地扫视着围观者,仿佛在寻找答案。

突然,他打算回头看此前一直从托盘中的高脚杯里偷喝酒的那个男服务生。凯厄斯心想,此时服务生手里拿的高脚杯也许已经是他品尝的第十只杯子了。现在他正大口灌着葡萄酒呢。服务生随意拿起最后一只高脚杯,一仰脖子一饮而尽,少许红色的葡萄酒还沿着他的嘴角往下流。他笨拙地用白衬衫的袖子擦了擦脸,然后跌跌撞撞地悄悄走出了大厅。这个醉鬼想走进服务间,可他的脸好几次撞到墙壁上没能进得去。这一幕被凯厄斯看到后,他憋着不让自己笑出来。

凯厄斯终于回头看那一堆硬币,他忽然意识到自己从服务生偷喝酒的一幕中获得了灵感。凯厄斯迅速从第一堆硬币中取出一枚放在台秤的托盘上,接着从第二堆里拿出了两枚,从第三堆里拿出了三枚,从第四堆里拿出了四枚,并按如此规则直到拿最后一堆——他把十个硬币全部拿了起来。接下来,凯厄斯仔细地把从每一堆里拿出来的硬币又重新放回到原来的位置上,最后,他真的感到非常兴奋,他在检验硬币的重量。凯厄斯看了一下皇帝,脸上露出灿烂的微笑。

"年轻人,你有什么要说的吗?"皇帝心平气和地问。

"答案是547,陛下。"凯厄斯道出了真相。

"怎么说?"奥巴急不可耐地打断了他的话,"547代表什么意思?"

凯厄斯慢慢地走近佩德罗二世,笑道:"陛下,我知道哪一堆里藏有假币,我们只需要看一下台秤就明白了。台秤上显示547克。"

"真的?"奥巴怀疑地问,"那就是大家期待的答案吗?"

"正确的答案在第三堆硬币当中。"凯厄斯非常肯定地说。

大家彼此对视了一下,看上去都很吃惊。只有记者是个例外,他朝他的年轻助手笑着,满脸的骄傲。

"错不了。"凯厄斯的话引起了大家的注意,"我可以解释一下。"

"那好吧,你解释一下看看。"非洲王子声色俱厉地说。

凯厄斯不高兴地转过身去看着非洲王子奥巴先生。

"你肯定注意到了,我从第一堆硬币中取出了一枚,从第二堆里取出了二枚,从第三堆里取出了三枚,从第四堆里取出了四枚,直到从第十堆——也就是最后一堆里把十枚硬币全部拿走,对吧?"

"是的。"奥巴回答说,"那又怎样?"

"那么,我放到秤上的这新的一堆硬币一共有 55 枚。"

"是的,"激动的奥巴表示认可,"接下来呢?"

"如果所有的硬币都是 10 克的话,而且都是正品,那么它们就该是 550克,对吧?"

奥巴仍旧表示怀疑,他不说话了。

凯厄斯继续解释道:"不过,我们都知道有一堆里的硬币每一枚只有 9克重,对吧?"

"是的,那又如何?"

"那么,假如称出来的重量显示为 549 克的话,这意味着第一堆 10 枚硬币中含有赝品。因为我只从这一堆里拿了一枚硬币。如果总重量是 548克的话,则表示存在 2 克之差,也就是说,赝品来自第二堆。如果显示 540克,就表示是第十堆的 10 枚硬币有 10 克之差。"

所有人都没有说话,包括卡罗莱娜。她合拢手掌上下搓个不停。

凯厄斯看着奥巴,一副得胜的样子:"看吧,秤现在显示的是 547 克……"

"你是对的,孩子!"记者科泽里兹高兴地拍着手说,"和标准克重有 3克之差。这 3 克之差来自于你从第三堆硬币当中拿出的那 3 枚硬币。你赢了,你破解了这道难题,孩子!"

"了不起啊!"皇帝站起身来鼓掌,大家立刻鞠躬,"太好了!年轻人,你帮了我们的大忙。"

"太精彩了！"财政大臣阿达尔贝托说。

渐渐地，大家都开始跟着皇帝鼓掌，掌声经久不绝。

"喂，喂，大家注意啦！"一个代表拍着卡罗莱娜的后背嚷道，"这个小伙子是我们的人。"

"好啊，好啊！"卡罗莱娜显然受了感动，叫了起来。

"正确无误！"非洲王子承认这个结果。尽管他输了比赛，有些苦涩，但是他大方地和胜利者握手，"你是对的。你在这场比赛中击败了我。"

"快点，孩子！"佩德罗二世招呼道，凯厄斯走到他的御座前。

凯厄斯沉浸在巨大的兴奋中，他从奥巴的身边走开，站到了皇帝的面前。

"我把你该得的奖品给你，"皇帝一边递给凯厄斯一个布袋，一边宣布说，"这是你的黄金，赏给你。现在，我要兑现我的承诺，你可以对我进行独家采访了。"

"陛下，我不太擅长采访。阁下是否可以把这个机会赏给科泽里兹呢？"

"那对我来说无所谓。"皇帝答道，他把一只手放在凯厄斯的肩膀上，"那我们走吧？"

佩德罗二世微微一笑，他高兴地看着记者，示意他的三位来宾进入走廊。凯厄斯和卡罗莱娜手牵着手，跟在皇帝和科泽里兹的身后。

## 第十四章　皇帝的独家采访

当发言人遣散其他人的时候，一位随从跟着佩德罗二世来到一间更私密的房间里。他们走进的这间房里有少量家具和一张长桌子，桌面上散放着一些纸。记者科泽里兹猜想那是要发出去的快件。等三位来客都进入房间后，皇帝让随从退下，关上了门。

卡罗莱娜很快注意到桌子旁边一个斜靠在墙上的重物。"哦，天哪！"她一边说，一边朝那口棺材跑过去。棺材里是一具女尸，具有典型的古埃及人模样和服饰。"这是哪一口石棺？"她问。

"哦，是她的那口！"皇帝说，"那是我顾问的石棺。"

"顾问？"卡罗莱娜皱起眉头问，"陛下指的是谁呀？"

"嗯，我叫她莎阿蒙埃苏，她不像我的部长们那样只知道给我提建议，而且老是让我慎重考虑做出决定。"皇帝打开棺材盖，让木乃伊暴露出来。皇帝的这个怪异的伙伴脸上罩着一副葬礼上使用的易碎面具，并透露出微妙的带有女性气质的神秘表情。皇帝说："其实，我的这位朋友生前是一位神职人员。她不完美吗？自我们第一次偶遇以来，我对她都极其尊重。"

"太可怕了！"女孩朝棺材里窥视了一眼，叫了起来，"陛下，她是怎么到这里来的？"

"她是我待在开罗期间,埃及政府送给我的一件礼物。"

"她好像从未被打开过。"科泽里兹说,"太不可思议了!绝大多数的埃及富人会在聚会的游戏中得到并打开这些木乃伊的身体。"

"我不打开。我永远不会打开我珍贵的礼物。我对她大加赞赏,绝不会用那种野蛮的手段对待她。"

"太不可思议了!"凯厄斯说,他拿起桌子上的一些照片,"这不是阿布辛贝神庙吗?"

"没错!"皇帝肯定地说,"你去过埃及吗?"

"啊,去过,我在不同时期去过埃及两次。"

"真的?孩子,你最喜欢的是埃及的什么?"

"当我见到拉美西斯二世并见证卡迭石战役的时候,我真的很高兴……啊,我还喜欢参观图坦卡蒙的墓穴木乃伊……太震撼了。"

"见到拉美西斯二世……见证卡迭石战役……"皇帝沉吟回味了一阵,"太奇妙了!你肯定对埃及古物学有浓厚兴趣,否则你不会这么熟悉地提起这个话题。可是图坦卡蒙……"他非常好奇地问,"我不熟悉这个名字。我对古埃及知道得很多,但是从来没有听说过那个名字。"

"哦,我想起来了……"凯厄斯说,他想这正是改变话题的一个好主意,"嗯,那是距今很近的一个发现。"

"真有趣。亲爱的凯厄斯,我想我们必须交换看法,对此我深信不疑,你认为如何?你想看看我拍的照片吗?我有一整箱照片。不过,在我们要做点什么之前,我们得把皇后叫过来。她会喜欢你的。你知道的,特里萨非常喜欢考古学。多亏了我的妹夫费尔南多二世,我妻子把属于她的骄傲和快乐——古希腊古罗马藏品,带到了巴西。你熟悉那个时期的历史吗?"

"有一点……"

"那很好,我想你会特别喜欢的。藏品来自意大利的几处不同的遗址。

其中大多数来自赫库兰尼姆①和庞贝②。"

"我早注意到皇后对科学着迷。"卡罗莱娜打断了皇帝的话,"我还听说,她藏有来自她的祖国意大利中西部古国伊特鲁西亚的花瓶,那是在考古挖掘现场发现的。"

"是的!"皇帝对此予以了证实,"你们无法想象当我发现那些藏品时是多么高兴。那是她的嫁妆的一部分。"

"哇!"凯厄斯说,"我从没想过陛下对那些东西有那么浓的兴趣。"

"哦,是的,非常感兴趣。告诉我,科泽里兹,在巴西你去很多地方旅行过吗?"

"陛下问的这个问题实在是太巧了。我正打算今年环游巴西呢。"

"哦,我的朋友,你肯定会喜欢你的这趟环游的。别忘了把你的见闻都写下来。"

"陛下也曾环游巴西吧?身为记者,我知道陛下旅行的目的——安抚那些对政府不满的农民们。"

"官方是这么报告的,但是各大报纸对我实际遭遇的冒险活动却一无所知。"

"我可以问一下您遭遇了哪些吗?"

"哦,只有我的好伙伴——我钟爱的旅行日志,记载了这些旅行的全部细节。比如说吧,渡过圣弗朗西斯科河③就是其中一劫。我可以大致描述一下。我派了一队工程技术人员,由恩里克·吉列尔梅·费尔南多·哈尔菲尔德带队,对该地区进行详细勘测。我想知道沿河地区是否存在不友善的土著

①赫库兰尼姆是一座意大利古城,位于维苏威火山西麓,临那不勒斯湾。
②庞贝为古罗马城市之一,位于那波利湾的岸边,公元79年10月24日被维苏威火山爆发时的火山灰覆盖。
③圣弗朗西斯科河长2914千米,是南美洲第四大水系,也是整条河都在巴西境内的最大河流。

居民，以及是否有可以摆渡的船只。这让我想起了大约发生在1859年的非常艰难的另一次旅行。

"我从里约热内卢出发，几乎跨越大半个巴西来到帕拉伊巴，有好几次我都是骑着一头毛驴或是仅仅靠简陋的船只前进的。嗯，我还是说回第一个旅行吧……

"当我经过巴伊亚时，最后一件事是造访乡下的欧赫斯德阿哥瓦庄园。在那里，他们有很多房子。提供给奴隶们居住的房子叫桑扎拉，我住在其中一间，待遇糟透了。我经常还能有一张床躺着，而不是睡在吊床上，我睡得可香了，总是睡醒后才感觉被跳蚤咬过。接下来，我遭遇了热浪和缺水。在这些地区是很可怕的事情。由于交通闭塞，和行李一起托送来的维希矿泉水也迟迟未到。"

"维希矿泉水？"凯厄斯插嘴问，"那是什么玩意？"

"你没听说过吗？"卡罗莱娜问，"那是从法国进口的饮用水的名称。"

"哇！那里的老百姓肯定认为那是很稀奇的一件事。"

"是的，孩子。我们的随从人员经过圣弗朗西斯科河时，在河两岸的村落里引起了众多猜疑。老百姓从未看到过那么大的一只船，更别说戴着大礼帽、穿着白裤子的仪表堂堂的皇帝的尊容。老百姓也是一身正装，把我们围得水泄不通。那些人沿着皮拉尼亚斯城的小河跟在我们的身后，太招人烦了！我们从那里开始弃舟登陆，爬上马背，朝荒野奔去。那也许是旅途中最让人痛苦的一段经历。自始至终，我的随从人员睡在吊床上。八天之后，在我们都快要绝望了的时候，保罗·阿方索大瀑布①出现在眼前。在一个迷人的位置上，七条瀑布合流归一，变成一条大瀑布。我在日记中用了几页纸的篇幅也没有完全描述清楚那条壮美的瀑布。"

---

①保罗·阿方索瀑布是位于巴西东北部圣弗朗西斯科河下游的瀑布，在阿拉瓜斯州和巴伊州交界处，距入海口约306千米。

"这些旅行经历值得公之于众。"记者评论道,"路途中充满挑战,而陛下您的这次视察巡游全是为了国家免于分崩离析的命运。"

"如果你问我最困难的是什么的话,我会告诉你,最困难的不是旅行,而是取得议院的授权。这可是真正的挑战!"

"为什么这样说?"凯厄斯没有顾及卡罗莱娜脸上生气的表情,再次插话道,"我的意思是,您不是皇帝吗?"

"是的,但是我需要从议会获得许可。首次环球旅行的时候,我很难获得批准。因为如果我要离开,那么巴西政权就会暂时由我年仅24岁的女儿伊莎贝尔公主来掌控,政客们对此表示担忧。我的女儿莱奥波尔迪娜,客死于维也纳,这让我有机会横跨欧洲周游了十一个月之久。

"告诉你吧,我最长时间的一次海外旅行持续了十八个月,那是因为1876年皇后特里萨·克里斯蒂娜的健康出了问题,她在欧洲接受了著名的医生让·马丁·沙可的治疗。这次旅行期间,我还去了俄罗斯和克里米亚半岛,我到了君士坦丁堡、雅典、贝鲁特和巴勒斯坦。我还在美国举行独立一百周年纪念时,到那里看了大楼、火车和工农业发展的面貌,它们给我留下了深刻印象。

"毫无疑问,最让我着迷的一件事是坐在美国总统尤利西斯·格兰特①身边出席一百周年成就大展。我在展会上遇到了亚历山大·格拉汉姆·贝尔②。贝尔向我展示了他的新发明:电话。我是第一个得到贝尔公司股票的人。世界上首批电话中的一部安装在一处私宅——那是我在皇城佩特罗波利斯的夏宫中。"

"陛下对如此各不相同的事物都保持着浓厚兴趣,真不可思议!"

---

①尤利西斯·格兰特(1822—1885),美国军事家、政治家,美国南北战争后期联邦军总司令,第18任美国总统。

②亚历山大·格拉汉姆·贝尔(1847—1922),美国发明家和企业家,获得了世界上第一台可用的电话机的专利权,创建了贝尔电话公司(AT&T公司的前身)。

"凯厄斯，我亲爱的孩子，如果我不肩负统治巴西的庄严使命，我肯定会让自己首先致力于科学，其次是文化事业。我最为欣赏的一件事是，即使资源再有限，也要想方设法资助科学家。比如说，化学家路易斯·巴斯德①，我亲自和这个人见过面。我觉得他的研究工作令人赞叹。尽管他尚未闻名遐迩，但那丝毫不影响我对他的工作的肯定。"皇帝说到这停了一下，因为他发现凯厄斯朝备用的桌子上散放的纸张看了一眼，"啊，你很赞赏我的这些信件吗？"

"对不起，陛下，我没有窥探隐私的意思。"

"一个没有好奇心的孩子是没有出息的。"皇帝安慰他，"那些是在我旅行期间，我有幸见到的几个人给我写来的信。"

"弗里德里希·威廉·尼采②、刘易斯·卡罗尔③、儒勒·凡尔纳，甚至还有维多克·雨果④写来的信！"凯厄斯叫起来。

"年轻人，这些作家你都听说过吗？"

"听说过。嗯，我是以前听说的，对了，是爸爸告诉我的，要不就是通过互联网。"

"有意思。"皇帝一边搓着他的胡子，一边说，"我想我愿意见见你的爸爸和那位'互联网'夫人。"

"也许改天就能见到，陛下。"

"你喜欢天文吗？"

---

①路易斯·巴斯德(1822—1895)，法国微生物家、化学家，奠定了工业微生物学和医学微生物的基础，并开创微生物生理学。
②弗里德里希·威廉·尼采(1844—1900)，德国著名哲学家、西方现代哲学家的开创者、语言学家、文化评论家，代表作有《权力意志》《悲剧的诞生》等。
③刘易斯·卡罗尔(1832—1898)，英国数学家、逻辑学家、童话作家，代表作有《爱丽丝漫游奇境》。
④维克多·雨果(1802—1885)，法国作家，被人们称为"法兰西的莎士比亚"，代表作有《巴黎圣母院》《悲惨世界》等。

"当然啦!"

"天文是极有诱惑力的一门学问。我喜欢整夜仰望星空,进行一些演算。比如这些……"皇帝拿起用蓝丝带捆扎的一捆信件,"这些是我最要好的朋友中的一个——天文学家卡米伊·弗拉马利翁①的来信。我们天文台的设备是他帮我弄来的。我最大的一个梦想就是采用最现代化的设计,像著名的法国尼斯天文台那样,最终建成一座天文观测站。我甚至订购了一架望远镜,我相信它将会是南美洲最大的望远镜。"

"遗憾的是……"科泽里兹看着信说,"陛下的这些爱好没有让大家一起来分享。"

"我从未停止过尝试。亲爱的科泽里兹,这没什么好遗憾的。有一天,我想让巴西得到发展的迫切愿望会得到报纸的认可。我做的这一切都是自筹资金,也就是说,我把皇室从政府手中领到的钱作为活动经费。和政府资助的巴西首次南极科考活动一样,我认为这些活动会为巴西带来好的结果。"

"去南极吗?"凯厄斯问,"真不可思议。"

"为什么要去南极?"卡罗莱娜问道。

"因为我相信巴西人的足迹要在那片冰原上出现,就像我相信有一天南极对人类来说将显得非常重要。我之所以这么看,也是因为我在天文学上的造诣。南极尽管是地球上最严寒的不适宜人类居住的地方,但它也是世界上天文观测的最佳位置。"

"巴西在南极真的插上旗子了吗?"凯厄斯好奇地问。

"嗯,准确地说,我们并没有把旗子插到南极,但是我们的足迹距离那里已经很近了。我们去了麦哲伦海峡,我们在美洲大陆最南端的波塞申湾抛锚泊船。我们穿越了麦哲伦海峡和火地岛,并且访问了南极海中的德雷克海峡。

---

①卡米伊·弗拉马利翁(1842—1925),法国天文学家和作家。

"德雷克海峡是位于美洲大陆和南极大陆之间的一片海域。那里宽达650千米,狂浪滔天,有着世界上极端恶劣的天气和最为复杂的航海条件。1882年12月,当金星的运行轨道横跨太阳圆面时,我们所做的观察至关重要,如果通过三角学①,有可能计算出更精确的日地距离。"

"那是怎么实现的?"

"嗯,小姐,为了获得更精确的结果,我们必须测定出代表金星的那个黑点'进入'和'退出'太阳圆面的确切时间。"

"太有意思啦!"

"哦,非常有意思!当我得知这项研究时,我是那么兴奋,我几乎立即签署了和其他国家进行科学合作的第一份协议。我就是这样首创了分布在不同场所的三个观测站,通过它们可以让我们更好地对恒星和行星进行观测和计算。我计划将这三个观测站中的一个设在南极洲。我们为该观测站选派了帝国海军'帕纳伊巴号'轻型巡洋舰护航,舰艇上配备了船帆和四只大锅炉,因为蒸汽动力更廉价而且可以获得理想的航海速度。"

"那政客们对此作何反应呢?"

"哦,姑娘,他们的反应不出任何人的预料。"皇帝笑了,他在空中挥动着双手答道,"他们对我的倡议群起而攻之。在议会里,我不得不听西尔维拉·达·莫塔的无知意见:'很久以来,皇帝陛下对天文都有一种癖好。可是天文不是老百姓的偏爱,老百姓只希望政府多修铁路,扩大咖啡的种植面积,赋予个人很多自由,并从经济和道德层面对这个国家进行治理。'"

"我记得那个时候的情景。"科泽里兹谈论道,"插图杂志上登了一幅漫画,画的是陛下像一个梦游者一样站在望远镜的旁边,疏远了周围的一切。"

"'帕纳伊巴号'轻型巡洋舰离开了里约港,舰艇上三支巨大的桅杆上

---

①三角学是研究平面三角形和球面三角形边角关系的数学学科。

悬挂着船帆,时不时借助风力踏浪远航。所幸的是,航行中的航海家们没有犯糊涂。当巡洋舰在乌拉圭停泊时,当地政府以赞赏的态度欢迎来客,他们认为我们的科考任务至关重要,免除了对船员进行隔离检疫的手续。对于来自巴西,尤其是来自里约热内卢的船只,由于受到黄热病的威胁,对海员的检疫是必不可少的一道程序。

"几天后,'帕纳伊巴号'驶入了属于麦哲伦海峡的水域。猛烈的南极飓风蹂躏着这艘巡洋舰,三天后'帕纳伊巴号'才设法在波塞申湾抛锚停泊下来,抵达时比预计的时间还提前了一天。

"12月6日当天,由帝国天文台主任克鲁斯率队,船员们在有利的气象条件下出色工作,他们收集到了全世界最先进的数据资料。总的来说,在气候预测和天文观测方面,南极洲对巴西来说是至关重要的一片领域。"

"现在唯一的问题是这里的老百姓并不把远洋科考当一回事。"科泽里兹补充说。

"要想赋予一件事情该有的价值的话,任何人都得与无知保持一定的距离。我是有一些才智的人,但是我所知道的事情绝大多数都要归功于阅读和研究,以及我坚韧不拔的追求。要是我自己能做得了主的话,也许我会选择做一个摄影师,奔赴世界的各个角落……"佩德罗二世稍微看了一下散放在桌子上的照片。

"陛下还非常喜爱摄影。"科泽里兹一边说,一边看着他。佩德罗二世点了一下头,以示肯定。"我听说陛下是巴西首位尝试这种艺术形式的人。请和我们分享一点您的经验吧。"

"这要追溯到1840年,当时我才14岁。在我登基之前的那个晚上,在里约热内卢市中心,我参加了一场表演会。表演者叫路易斯·孔特,他是一个法国人,也是修道院的院长。那是我第一次见到照相机,并且一下子就对如此一台可以摄影的设备着了迷。我是第一个购买照相机的巴西人,并使

用了好几年。当时,照相机也才刚刚被一个名叫路易斯·达盖尔①的人发明出来。当时摄影术被称作达盖尔银版摄影法。你知道'摄影'这个词怎么来的吗?"

"不清楚。"凯厄斯说。

"呵呵,说来奇怪,这个单词来自一位咖啡生产商——赫尔克里·佛罗伦斯先生。他住在巴西东南部一个叫坎皮纳斯的城市里。这位来自法国的巴西侨民宣称,自1833年以来,他生产了感光片,但是无法得到验证,其他国家的投资者们也宣称他们是第一个使用该工艺的人。不过据说是佛罗伦斯先生创造了'摄影'这个单词。1851年,为了鼓励这种高贵的艺术,巴西为国内最好的摄影师创设了'皇家摄影者'大奖。"佩德罗二世忽然转过身来面对他的客人们,"哦,我是不是太怠慢你们了?大家请坐吧,我们来谈谈把我们带到这里来的一个问题。"

卡罗莱娜坐在凯厄斯身旁的扶手椅里等待着接下来的采访。这时,佩德罗二世干了一件让大家都吃惊不已的事情。皇帝非常随便地踢掉他的一只鞋子,并把鞋底拿给科泽里兹父女二人看。皇帝说:"这个孩子的想法真不错,不是吗?"

"那是蜡吗?"科泽里兹问。

"正如凯厄斯自己说的那样,'想防止跌跤的话,就在鞋上抹些蜡!'为了回报他的这个主意,我答应满足他的一个愿望,凯厄斯请求有现场问答的机会。"皇帝笑着说,"科泽里兹,你的这位助手能力非同一般。我真希望阁僚中有像他这样的一帮人。"

"凯厄斯!"卡罗莱娜惊呼起来,"这么说,是你向陛下请求这么长时间的一次采访?你太棒了!你甚至把我的书都告诉了皇上!你真是天外来客!"

---

①路易斯·达盖尔(1787—1851),法国美术家和化学家,因发明银版摄影法而闻名。

"是的!"凯厄斯点着头说,"你说得一点也没错,我是天外来客。现在我还没有出生呢。"

"那么……"皇帝打断了他的话,"我们开始采访吧?"

科泽里兹从口袋里拿出记事本,当他意识到佩德罗二世已经坐在他面前,手中拿着一张纸和一支羽毛笔时,他的一双手却悬停在半空中不动了。谁都没有想到,这场意外采访的最初发话人竟然是皇帝。

佩德罗二世:"科泽里兹先生……对于我们的这次采访,我们可以采用一个不太正式的称呼,你看怎么样?科泽里兹,我听说你是 1851 年跟随塞巴斯蒂昂·多·雷戈·巴罗斯率领的士兵一起来巴西的,是吗?你对巴西的第一印象怎么样?"

尽管被皇帝反过来的询问吓了一跳,记者科泽里兹还是试图镇定地清了清嗓子,立刻回答起来。

科泽里兹:"是的,您说得没错。我从里约热内卢登陆上岸来报效陛下,我想实现我少年时代的梦想——成为热带国家的一名探险者。主观上,我乐意相信巴西这个国家有机会和其他国家展开竞争,但是这只在改善我们的教育现状的前提下才有把握做得到。"

佩德罗二世:"你说的和我想的完全一致。"

科泽里兹:"陛下,您认为可以采取哪些措施来提高巴西的教育水平呢?很不幸的是我们五分之四的人口还是文盲。"

凯厄斯:"真的?这个时代怎么会有那么多的人不识字?难道我没有机会看到政府为提供高质量的公共教育做出努力吗?政府当局现在是如何开展教育的?今后的行动计划是什么?教育要达成什么样的目的?"

科泽里兹:"别激动,孩子!大家都知道陛下亲自过问教育问题。"

佩德罗二世:"科泽里兹,你让这孩子自由发言吧,也许他是对的。的确,尽管我付出了各种努力,亲自示范,但是我没能让老百姓认识到教育的

重要性。只有少数几个人明白要大兴教育的道理是不够的。我们需要国家和地方各州的整个立法和行政机构参与进来,还需要社会各界始终如一的合作与监督。"

科泽里兹:"遗憾的是各方都还没有行动起来。"

佩德罗二世:"实际上,政客以及有权势的各派人物对皇帝插手教育感到很好奇。他们没有把我对教育事业的支持真当一回事。这些政客和报纸多次嘲讽我的行动。不过呢,尽管我付出了全部的努力,但是我没有说服任何人。也许,每一个国家都有它自身或快或慢的进展节奏,某一天将轮到我们行动起来。也许,某一天巴西社会会变得足够成熟,懂得要严肃对待教育问题。不过,关于发展教育我不希望我们要等上百年之后才会醒悟,才开始干点什么。"

卡罗莱娜:"巴西的教育的确糟透了!"

科泽里兹:"正如陛下一开始所说的,自由与愚昧相伴的结果是产生政治上的混乱。在一个绝大多数人是文盲的国度,一个支持议会组阁政府的政治环境,就像一件成年人的衣服套在一个十岁孩子的身上,衣服只会限制孩子的行动自由。"

佩德罗二世没有做出回应,他看上去突然显得很悲哀,一副沉思的样子。接着,他打破了沉默。

佩德罗二世:"为了解决这个严重的问题,你认为我是否做出过一些努力呢?"

科泽里兹:"陛下对此做出了最大的努力。您试图确定大政方针,以便提高教学水平以及扩大大众文化的覆盖面。陛下是以这种方式来保护社会各阶层以及教育和科学界的社会团体的。您推动教育代表大会集会,举办属于同类性质的展览会。您常常乐意奖赏与教育相关的机构和部门,授予它们勋章和称号。最后,您还在公开的文化和教育竞赛上抛头露面。

"是的,陛下付出了全部的努力,包括金钱、时间,以及调查教育现状,全面推广文化。我记得陛下曾动用社会捐款,以陛下的名义为巴拉圭战争的胜利塑造雕像,并在里约热内卢建了八所学校。这赢得了人民的高度赞赏。另外,陛下,我曾是一位教育工作者,我敢负责任地说,佩德罗二世学院是一个标准的教育机构。"

皇帝的脸上最终露出了笑容。

佩德罗二世:"我的孙子们在那里学习!"

凯厄斯:"陛下,科泽里兹说得对。学校和老师都是响当当的。"

佩德罗二世:"可是,如果你不在那里上学,又是怎么知道的呢?你不是来自其他国家吗?"

凯厄斯:"嗯……是的,因为……我的一些朋友在那里学习,他们说学校的确很棒!"

佩德罗二世:"听你那么说我很高兴。但是在其他学校,情况就要严峻得多。我们国家贫穷,资源匮乏,最糟糕的还是当制定国家财政预算时,议员们之间存在巨大争议。当他们分配财政资源的时候,教育总是排在最后面。"

科泽里兹:"我觉得这个话题十分有意思。正如我刚才说的,我曾经是一名教育工作者。在我刚来巴西的头几年,我是一名小学教师,我甚至还创办了一所学校。我从宫廷获得过一份公立小学教师们起草的 1871 年的声明,在声明中他们抱怨艰苦的工作环境。"

佩德罗二世:"我熟悉那份声明。考虑到教师是未来一代人的灵魂的工程师,他们应该获得最为丰厚的薪水。"

科泽里兹:"我知道陛下在自己的权力范围内把能做的事都做了。坐落在美景公园的那所学校靠近夏宫,是通过您的关系拨款创建的一所私立中学,该学校有三个老师和两百多个贫困学生。我真的希望议会能效法陛下——您过着再简朴不过的生活,没有一位国君能够接受得了。我听说属

于陛下王室专款的 800 康多中,有 700 康多是花在慈善事业、公共教育以及为提拔新秀而设立的奖学金等相关支出上的。"

佩德罗二世:"如果我以皇室开销的名义来花这笔钱的话,我的 800 康多专款可以让我享受奢华的生活。但是在昨天,当我在讨论将被提交到议会的政府预算案时,由于需要强制缩减支出,大家想减少教育拨款。我宁可砍掉属于我的拨款,不领一分钱,也不愿意削减公共教育资金。为了这些政治议案,我长期夜不能寐。不管我如何约束我自己,我的一切努力都难免被人遗忘。"

凯厄斯陷入深深的沉思,他在想着大家讨论的每一样事情。

科泽里兹:"凯厄斯,你觉得有什么问题吗?"

凯厄斯:"没有。这次的采访非常精彩。"

科泽里兹:"当我知道年轻人学到了知识之后,心里总是非常高兴。"

凯厄斯:"很少有人真的关心这个国家的教育和文化,不过现在我至少意识到这些人正在或将会改变他们的态度。"

佩德罗二世:"这些人当中包括我的祖父若奥六世。当他和皇室成员来到大西洋彼岸时,他对教育漠不关心。"

凯厄斯:"等等!若奥六世,莫非他就是那个任由皇室成员腐败,自己也不洗澡的可怕的国王吗?书上有关于他的记载。"

科泽里兹:"这样说话太没礼貌了!孩子,你是从哪里知道这些小道消息的?"

佩德罗二世:"科泽里兹,随他去吧。你可以对凯厄斯解释一下,我的祖父根本不是一个懦夫,他是一个深谋远虑的人。就皇室的腐败而论,非皇室政客与其他各共和国政府也都是半斤八两。腐败是与文明伴生的产物。在清洁与卫生方面,若奥六世和他的皇室成员与当时欧洲绝大多数人享受的标准差不多。"

凯厄斯："嗯，那么若奥六世到底有没有摆脱拿破仑的统治呢？"

科泽里兹："我知道他有对抗拿破仑的勇气。很显然，他没有急急忙忙就离开葡萄牙。他为逃跑做了精心的策划和安排。他带领的一部分葡萄牙皇室成员就达一万人之多。"

卡罗莱娜："看来，那是一个既艰难又正确的决定。若奥六世是欧洲大陆唯一一位戏弄拿破仑的君主！"

科泽里兹："在拥挤的航船上熬过两个月的危险旅程实属不易。我憎恨专治的君主，但是我不得不承认，巴西能得到他这样一位好性格的国君非常幸运。他因为待人和善、政治责任感强而广为人知。"

凯厄斯："对！从这个角度来看，他不是一个懦夫。"

科泽里兹："一个懦夫？说什么呢！我们必须停下奚落我们历史的坏习惯。没见过其他人那样做。"

卡罗莱娜："陛下，我想稍微转换一下话题。里约热内卢是世界上最漂亮的城市。整座城市太美啦。不过很遗憾的是所有这些都受到了威胁。"

佩德罗二世："又有威胁了吗？什么威胁？是谁？"

科泽里兹："卡罗莱娜的意思是城市规模无限制地在扩大，而且受到可恶的黄热病的威胁。城市里害虫肆虐，传播疾病，到处都充斥着停尸房。每年，尤其是在夏季，几千人死于非命。"

佩德罗二世："黄热病是我主要关注的事情之一。很遗憾没有针对这种疾病的疫苗。我试图说服伟大的科学家路易斯·巴斯德来巴西研制疫苗，可是因为他在法国正从事另一项研究，他谢绝了我的请求。"

科泽里兹："这场瘟疫是阻碍我们发展的一个绊脚石。因为害怕致命的黄热病，国外有人不想来到巴西。"

佩德罗二世："死了太多的人。这让我想起 1877 年东北部大干旱，我感受了同样的悲痛。"

凯厄斯:"1877年东北部发生大干旱了吗?"

佩德罗二世:"当然发生了!年轻人,你住哪里?科泽里兹,你的助手有时候总会说些很离奇的事情……"

科泽里兹:"是的!他有时候看上去像脱离了当下真实的生活……我已经习惯了。"

凯厄斯:"我不知道巴西东北部这次出现了这个问题。"

佩德罗二世:"岂止只是这次!孩子,从16世纪开始就有关于东北部发生干旱的报道,但是这一次是灾难性的。这场大旱持续到1879年,超过五十万民众死于这场旱灾,是巴拉圭战争死亡人数的两倍。那是本世纪南美地区最大的一场灾难。塞阿拉州受灾最严重。经济遭到了破坏,疾病盛行,人畜死于饥荒。港口城市福塔雷萨有一半人口死于灾难。当获悉这场悲剧之后,我去了灾区,我头一次情不自禁地大哭了一场。"

佩德罗二世看上去十分激动和难过。他想起那些事件,感受着当时的那种无助——他意识到他将做的任何一件事对减轻老百姓的痛苦都收效甚微。出于对皇帝悲伤情绪的尊重,其他人也都默不作声。过了一会儿之后,科泽里兹打算打破这场沉默。

科泽里兹:"陛下,为了不忘东北部惨绝人寰的历史一幕,您相信很多人对把资金引到灾区感兴趣这件事吗?"

佩德罗二世:"是的,科泽里兹。很多人总爱保留一种看法:东北地区是一个干旱、不幸的地方。那里是人间地狱,因为成千上万的家庭从最干旱的地区逃离,尤其是塞阿拉州和伯南布哥州,这些难民急需帮助。国家尽力拨付赈灾款,但是资金没有到达灾民手中。"

科泽里兹:"很多政客在谈及东北部的旱灾时称那是天意,好像这个地区命中注定要遭受不幸和劫难。东北部的甘蔗种植遭遇了危机,而西南的咖啡成为主要的出口产品,不过这种情况是可以通过筑坝、修灌溉渠、种植其他作物加以改变的。"

佩德罗二世："如果在东北部扎实开展工作，你说的方案切实可行。现在我们缺乏的是一种政治意志和重振东北部的诚意。也许几年后这种情况会发生改变。"

凯厄斯："我想几年的时间是不可能的，要花上一百年的时间……"

佩德罗二世："别这么悲观，孩子！东北部发生了三十多次的干旱，但是发生在 1877 年—1879 年的干旱首次引起了巴西非干旱地区的人们的注意，甚至连国外都关心起这个地区。在 19 世纪 20 年代，那里也发生了严重干旱，死亡人数不相上下，但是巴西国内和世界上没有人想去惹那个麻烦。而这次，灾情唤起了民族意识，全国各地的老百姓都动员起来帮助了灾区民众。"

科泽里兹："大家关心灾民的生活让人深受感动。连我在欧洲和美国主流报纸的同行记者都报道了这场灾难，并试图发起一些支援灾区的救援工作。政府第一次通过有组织的工作，使用移民自身充当劳工，为拯救东北部灾区制定了政策。于是大家开始挖井、修建水库、筑坝、修路，我们甚至考虑过开渠，从圣弗朗西斯科河引水。陛下还根据自己的经验，从撒哈拉进口骆驼，试图让它们习惯穷乡僻壤的环境。"

凯厄斯："是的，陛下，据我所知引进骆驼的计划没有解决问题，不过是一次很好的尝试。"

佩德罗二世："谢谢你，年轻人！不幸的是我的这个想法没有取得成功。来自内地的那些移民不顾一切地希望摆脱饥饿和令人苦恼的干旱，引进骆驼的计划本该能帮助他们。我们当时琢磨着，借助骆驼几个星期不喝水还能生存的能力，移民们就可以用骆驼出色地替代马匹和驴子。但是很不幸，骆驼没有适应这片地域里的环境。"

凯厄斯："那么陛下，移民都去哪儿了呢？"

佩德罗二世："他们占据了东北部沿海的主要城市,但是也因此带来了流行病,尤其是可怕的天花和饥饿,以及抢劫、犯罪。这不能怪他们,不过这些城市无法承受在城市边缘安营扎寨的大量流民。比如说福塔雷萨这座港口城市吧,该市人口一开始只有四万人,后来一下子增加了三四倍。这导致了严重的健康问题,他们创造了一个让疾病流行的最佳环境。天花这种流行病在操劳过度的人群当中疾速传播。接种疫苗可以治疗这种可怕的疾病,但是老百姓逃避疫苗的接种,他们怀疑接种是导致染病的原因。"

科泽里兹："啊,陛下,要是有一种能把赈灾物资直接发放到灾民手中的办法的话,就会减少不择手段的政客通过操控投票权带来的政治灾难。"

卡罗莱娜："这些救灾物资为什么还得经过政客之手呢?有没有把赈灾资金直接发放到灾民手中的办法?"

凯厄斯："你为什么不创建一项干旱救助法案呢?"

科泽里兹："干旱救助法案?这是什么玩意?"

凯厄斯："那将成为一种社会救助方案。对灾民进行登记,他们有资格在附近的一家银行按月领取救助金。"

佩德罗二世："年轻人,你在说什么呀!听上去像是一个不错的主意,可是你认为这些难民知道银行是干什么的吗?在哪里都能找得到银行的吗?另外,如果把这些人一一进行登记,你看会怎么样?我们无法提供给每一个人充足的物资。帝国政府的财政收入相对于染病患者的规模来说是杯水车薪。现在,我们动用了劳工,由塞阿拉州的州长部署,帝国政府除了帮助该州修建道路、河坝等极其实用的东西之外,还将重视让老百姓过上有尊严的生活。"

凯厄斯："真的吗?发动劳工我认为是一个好主意。"

卡罗莱娜："为了让这个理念普及全国,我们要有一些政治意愿才行。"

科泽里兹："陛下,在谈到政治决心时,我相信修建道路,主要是修建从内地到沿海港口以方便运输产品的铁路是国家发展之根本。"

佩德罗二世："啊,铁路! 我们多达半个世纪没有可以到达内陆地区的铁路! 以前要是去一个什么地方,我们不得不采用骑马或是乘船的方式。如今,我们已经有了超过八千公里的铁路了。"

科泽里兹："您认为那就已经足够了吗?"

佩德罗二世："我们当然需要更多的铁路! 如果我们没有便利的交通,内陆地区的产品如何销售得出去?不过,看看我们的发展吧。几年前去圣保罗,大家知道我们得花四天的时间,对吧? 我们先乘三天船到达港口桑托斯,接着还得花一天时间爬山,才能到达圣保罗。而现在我们乘火车,穿越美丽的帕拉伊巴大峡谷,只需要几个钟头就到了。"

科泽里兹："我喜欢铁路! 我们曾在火车头牵引下的一节车厢内随意溜达。"

卡罗莱娜："从里约热内卢到皇城佩特罗波利斯的旅程真是太美妙了! "

佩德罗二世："巴西的第一段铁路开通于 1854 年,这还得力于伊里内乌·伊万格丽斯塔·德·苏扎先生的巨大努力。正是这一新的举措,让他从我这里获得了毛阿男爵的首个头衔。"

凯厄斯："毛阿男爵? 我听说过这个人,他是巴西工业的首个重要人物! "

科泽里兹："他是一个杰出人物,有着非常先进的思想。他对现代技术充满自信,主张行政权力要从中央下放到地方,渴求一个各人肩负的职责都受到尊重的环境。他提高分配给雇员的利润,鼓励他们开创自己的公司。所有这些将创造出一种产生凝聚力的体系,公司面对困难也可以很好地挺过去。这就是他的企业快速成长的原因所在。事业顶峰时,他掌管着十七家公司,在六个国家拥有分支机构。"

凯厄斯："真不可思议! 另一个时间旅行者! 他看上去像一个领先别人几个世纪的人一样。"

佩德罗二世:"是的,毛阿非常胆大。"

凯厄斯:"不过我也了解到那之后由于政府的干预,他破产了。"

佩德罗二世:"不是的,情况不像你说的那样。帝国政府不是造成毛阿的企业破产的原因。我坚持认为毛阿与英国政府和英国资金的关联度过高,那样政府内部或国外的任何危机都将严重影响他们的企业。19世纪70年代,世界发生了很大变化。政府在巴拉圭战争中花了太多的钱,并陷入危机,而在此期间英国剩余资金却可以在世界上任何一个地方投资。毛阿生意衰败的原因是失去了来自政府的订单,没有了英国的支持。不过我们非常感激他为巴西的发展所做的一切。你知道当我们顶着来自美国的压力的时候,他为亚马孙地区的发展帮了很多忙吗?"

凯厄斯:"美国的压力?这是怎么回事?"

佩德罗二世:"在本世纪50年代的时候,我们与美国之间有一段危机。他们想进入我们禁止国际航运的亚马孙河。我们不屈从于他们的压力,我们的借口是该河禁航是暂时的,为了达到国际航运的条件,我们还需要对该地区进行建设。美国人因为南北战争暂且忘记给我们施压,但是英国人开始对我们施压了。在这种情况下,毛阿帮了我们大忙。因为他按照我们的请求创办了亚马孙航运公司,让在沿河地带建设几个城市成为可能,这对该地区的发展是一个巨大贡献。因此,当国际航运在1867年获得授权之后,该地区已经聚集了相当数量的人口。"

凯厄斯:"这么说毛阿对巴西可谓是竭尽所能啊。由他修建的到皇城佩特罗波利斯的铁路是否赶巧算是南美的第一条铁路呢?"

科泽里兹:"不是的,凯厄斯。在南美首条铁路出现在秘鲁,是修建于1851年的利马·卡亚俄铁路。第二条铁路出现在智利,也是1851年修的。第三条才是我们到皇城佩特罗波利斯的铁路,建于1854年。那之后就轮到哥伦比亚、阿根廷、巴拉圭、乌拉圭,它们的首条铁路分别建于1855年、1857

年、1861 年和 1869 年。"

佩德罗二世:"巴西因为国土广袤,很快成了南美地区的领头羊。我们在修铁路之初花费了些时间,但是很快我们就修建了其他几条铁路。到 19世纪 60 年代晚期,我们已经有了六条铁路。其中的一条桑托斯·容迪亚伊铁路是一项令人惊叹的工程。在穿行高瑟拉·多·马尔山脉时有一段八公里的线路,爬坡八百米,这被认为是不可能的。在这条铁路的修建期间,银行陷入危机,时局艰难,巴西与英国断绝了外交关系,最终掀起了巴拉圭战争。"

科泽里兹:"该死的巴拉圭战争! 陛下,这场战争是灾难性的,它耗费了巴西大量的金钱和人力,让巴拉圭一片荒芜。我们损失了一万将士,帝国财政被彻底掏空了。"

卡罗莱娜:"我觉得战争带来的结果是无情的。我想知道参战双方是如何导致如此可怕的人员伤亡的。所有的参战国家实际上都遭受了战争的灾难。不过,巴拉圭的损失非常令人震惊。大约要花两代人的时间,这个国家的人口才能恢复到战前水平。"

佩德罗二世:"是的,战争导致的结果极其可怕,对巴拉圭来说尤其如是。我相信巴拉圭一方的死亡人数也许达到了二十万,占总人口的 40%。战斗是血腥的, 不过死在战场上的人只是少数, 多数死于战争带来的后果——比如饥饿和流行病。"

凯厄斯:"我们这方死了多少人?"

佩德罗二世:"盟国一方的武装部队也遭到减员, 死亡人数在七万左右,有一半人是因为当地恶劣的卫生条件和疾病而丢了性命。在平民当中也是如此,战争爆发之初,在巴拉圭入侵巴西和阿根廷期间,平民死亡人数有好几千。"

凯厄斯:"巴西为这场战争花费了多少钱?"

佩德罗二世:"皇室财政部的数据显示总共消耗了 614,000 康多, 这笔

钱相当于 6400 万英镑。这笔资金的来源依靠的是税收、公债和货币投放，只有 8% 来自国外贷款。这笔开销相当于战前帝国财政十一年的总收入，相对于巴西的国土面积来说这点钱实在少得可怜。"

科泽里兹："这笔钱没有用于国家的发展太可惜了。这是多大的一个损耗啊……在这些年当中！不过我不得不承认这是国际关系十分复杂的一段时期。有几家银行突然爆发了金融危机，外加克里斯蒂事件——由于我们在南里奥格兰德州的海滩上对一艘英国船实施了抢劫，我们和英国——这个世界上最强大的国家差点走上了战争的道路。"

凯厄斯："这让人难以相信。怎么会那样呢？"

佩德罗二世："英国驻巴西的大使威廉·克里斯蒂先生傲慢自大，他要求巴西政府做出赔偿和道歉。这场危机从 1862 年持续到 1865 年，最终到了两国断绝外交关系的地步。两国关系在 1865 年，即在与巴拉圭交战的里亚丘埃洛战役和乌鲁瓜亚纳战役之后一年才恢复正常，我们获得了英国的道歉。"

一个男管家为客人们拿来了一个盘子，采访中断了。当凯厄斯和卡罗莱娜在品尝一些食物的时候，佩德罗二世使了一个眼神，命令仆役尽快退下。凯厄斯满嘴都是食物，他朝佩德罗二世转过身。

凯厄斯："陛下，我们为什么不消灭万恶的奴隶制呢？"

佩德罗二世："凯厄斯，我们此前没有将废奴运动进行得很彻底，仅仅因为遭到蓄奴的政客和地主的反对。蓄奴是一个十分普遍的现象，它根植于巴西社会。值得庆幸的是，巴西社会发生了急剧变化，如今奴隶的数量大为减少，同时结束这一祸害的社会舆论压力很大。

"在这个十年当中，公众意见的影响力十分强大！不过，如果退回到四十年前的话，也就是在我登基执政之初，情况和现在完全不同。使用奴隶劳作的观念在社会上根深蒂固，巴西人很少有反对的。人们很容易就能拥有奴隶。不只是农场主蓄奴,连城市家庭、教堂,甚至是以前自己身为奴隶的人都拥有奴隶……情况的确十分荒唐!"

凯厄斯:"不过,现在的问题是,身为皇帝,您难道没有终结奴隶制的权力吗?"

佩德罗二世:"我没有这个权力,这要依靠议会来做决定。如果我个人说了就算数的话,我早在执政之初就解放了国内的所有奴隶。我在上台后的第一年,释放了宫廷里服务的奴隶。我总是批评使用奴隶的行为,我常说在任何一个国家,出现奴隶都是可怕的祸端。不过,这一现象在我们中间会消失的。我不能过激地改变这一形势,各项法律是需要经议会认可之后才能被通过,接着我们就要服从该项法律法规。"

科泽里兹:"解放奴隶没有必要由帝国政府和我们结构复杂的议会来进行。因为各州都享有自治权,它们可以通过自己的法律,包括在所辖范围内禁止蓄奴。但不幸的是,巴西国内的政治形势在一点点恶化。"

佩德罗二世:"是的,我逐步批准法律以减少奴隶的数量,比如《禁止奴隶贸易法》《新生儿自由法》,现在还有一项涉及六十到六十九岁的《60岁黑奴自由法》。啊,你不知道通过头两项法律有多么困难!"

科泽里兹:"宪法虽然全方位规定了国民的基本权利,但是可悲的是,它没有承认奴隶的任何权利。"

凯厄斯:"这十分荒谬!在巴西这个国家,当你看到几乎所有人在一定程度上都是棕色人种时,这种对奴隶的特别歧视就尤其让人难以理解了。"

科泽里兹:"是的,这是一种悖论。巴西和美国不同。在美国,移民拖家带口来开拓殖民地,他们不和黑人、印第安人混居。在巴西,葡萄牙人初来时没有家眷,后来他们和当地印第安妇女、奴隶,以及曾经为奴的人结婚。"

卡罗莱娜:"于是有社会地位的巴西混种人出生了,比如作家马查多·德·阿西斯、诗人克鲁斯·伊·索萨、作曲家齐亲阿·贡萨加、安德烈·雷波萨

斯、乔斯·多·帕特罗西尼奥、路易斯·伽玛等。"

佩德罗二世："巴西的这种情况和其他国家的奴隶制不一样。因为如果巴西的蓄奴历史更长一些的话，社会对蓄奴现象就会变得更加宽容。巴西蓄奴历史不长，以至于属于非洲血统的绝大部分人口以某种方式要求获得自由。"

凯厄斯："巴西现在还有多少奴隶？"

佩德罗二世："目前还有七十万，只占总人口的5%，主要集中在东南部各州。在废奴主义的支持下，这部分人口最终被鼓动起来了。"

卡罗莱娜："成千上万的奴隶逃离了庄园，他们受到了城里人的接济。一场波澜壮阔的废奴潮流以一种本世纪从未有过的方式激励并鼓动着社会。"

凯厄斯："陛下，为什么巴西被解放的奴隶不能像在美国那样容易找到工作呢？"

佩德罗二世："美国有着众多的工作机会。因为这个国家已经获得了充分的发展。新工业在不断涌现，现有工业在不断扩张。"

科泽里兹："在美国也许有一件事情没有发生改变，那就是针对黑人的野蛮歧视。"

佩德罗二世："是的，这是美国的黑暗面。当地白人对黑人极端歧视，奇怪的是，对非洲血统的黑人他们使用的是'有色的'这个词。甚至在白人的祖父母一方也是非洲血统的情况下，他们的后代仍被认为是有色人种，并遭受同样的歧视。"

科泽里兹："我听说，在美国谁要是不服从种族隔离法，这些人将会遭到一些黑社会组织成员的猎杀。"

佩德罗二世："安德烈·雷博萨斯是我们杰出的工程师，这个引人注目的巴西人一身黑皮肤，他和皇室成员之间是最好的朋友关系。1873年，安德烈·雷博萨斯访问纽约，他感受了美国强烈的种族偏见，而这发生在美国最发达最开放自由的城市。没有一家酒店愿意接待他，最后安德烈·雷博萨斯的一个朋友帮了他的忙，让他在一家小旅馆的一间里屋住下。

"此外，那家旅馆的混蛋们强加给他一些可耻的条件：他只能在房间里面吃饭，因为旅馆的食堂只提供给白人使用，市内所有的饭店也只准白人进入。因为肤色的缘故，雷博萨斯也不能观看大歌剧院的演出。你们可以想象一下一个在本国受到极高礼遇的人所遭受的打击。他的地位接近特奥伯爵和伊莎贝尔王妃，他习惯了和巴西皇室成员一起吃饭。"

凯厄斯："喂，我想所有这些都会发生改变的。美国这些非裔移民的地位将大大提高，在一个世纪或稍多的时间之内，他们会有第一位黑人总统。"

科泽里兹："哼！我的助手发疯了！在美国吗？我不信！"

凯厄斯："呵呵，某一天世界将会见证……我认为即便蓄奴历史终结，在巴西国内那些曾经身为奴隶的人们以及他们的后裔生活条件在很长时间内也不会得到提高。"

科泽里兹："这点我倒是相信。废奴之后一个严重的问题会接踵而至。我完全同意知名人士若阿金·纳布科的言论。

"他说，被解放的奴隶必须回到社会，我们必须让他们接受学校教育，获得职业技能，得到一份工作，有一块可以耕种的土地；如果没有这些先决条件，可以说奴隶的状况并没有多大的改善，他们只是从奴隶变成了半独立式的奴隶。"

佩德罗二世："是的。如果仅仅只是人身的解放，废奴运动进展得还不够完全。我相信通过改革，对分配土地给穷人进行立法，这应该得到广泛的支持。从获得自由到开始新的生活，我们应该对废奴运动提供资金支持，并采取措施，让他们融入巴西社会。"

凯厄斯："我想这需要很多年才会成为现实。"

佩德罗二世："我是个乐观主义者。我相信巴西理应朝一个公平与文明

的社会逐渐迈进。起码在这个十年当中，国家做出了响应，奴隶获得了人身自由，移民受到鼓励，这些都变成了现实。去年，塞阿拉州是第一个废除奴隶制的州，接下来是亚马孙州。同时很多城市也结束了奴隶制，包括繁华的阿雷格里港。科泽里兹，你尽管放心，奴隶制已经是穷途末路了。"

科泽里兹："现在，我们谈点让人高兴的事情吧……陛下，您属于哪一种类型的人物呢？佩德罗·德·阿尔坎塔拉究竟是一个什么样的人？"

佩德罗二世："我是一个喜欢简单的人，我讨厌奢华、骄纵的生活。生活在皇城佩特罗波利斯，我感觉比哪里都要安逸。在这里，我自由自在，我像其他任何一个市民那样走遍大街小巷，无论遇到谁都能和他聊起来。因为权力对我没有什么吸引力，所以尽管身为九五之尊，我并不觉得格外舒服。不过面对热爱着我的国家的子民，我感到了一种责任，我试图让君主立宪制政体最有效地运转起来。我曾经写道：

"'我天生注定会投身到文学和科学中去，并在政坛中占得一席之地，我其实更情愿当一个总统或者做一个部长，而不是现在的皇帝。'

"我真心想干的事情是做学问，获取新知识，了解科学前沿的新动态。你知道我认为最惬意的职业是什么吗？是当一位教师！我知道没有一种职业比当老师更伟大、更高贵。教书育人的目的是帮助年轻人增长知识，为将来实现他们的人生使命而培育人才。"

凯厄斯："我注意到报纸常常猛烈抨击君主政体。您敢说您不想压制媒体的声音吗？"

佩德罗二世："哦，孩子，我直截了当地说吧，我允许鼓吹推翻君主制的共和主义者的报纸的存在。好几个部长向我建议对这些报纸进行干涉，你知道我是怎么回答他们的吗？我总是说：

"'如果我钳制了媒体的自由，那么部长们每天都在干什么，有谁会来告诉我呢？'"

科泽里兹："我可以作证。在巴西,从未出现过像您这样对媒体如此宽容大度的一个统治者。但是陛下,我必须指出,共和运动虽然没有公众的支持,但是不只是媒体造势,连军方内部都存在激进的倡导共和政体的动向。"

佩德罗二世："这我注意到了。我曾经说过:

"'如果有一天巴西人民不再需要我了,我会退休的,我会作为一位普通市民,以佩德罗·德·阿尔坎塔拉的个人身份在佩特罗波利斯过日子。'"

卡罗莱娜："陛下,我感到很好奇。维持君主政体的行政成本得花多少钱呢?"

佩德罗二世："比起很多小共和国国内的开销占比来说,我们要少一些。君主政体的行政支出每年在800康多,大约折合84000英镑。我有一本现金账簿,放在宫殿的门廊那里,开销情况谁都能查阅得到。在我摄政之初,行政经费的支出额只占国家财政的3%。十年后,还是800康多,现在该支出仅占国家财政的0.5%。议会多次建议增加行政经费,但是我都一一拒绝了。"

凯厄斯："太了不起了! 您是我知道的第一位不但不增加行政经费,还慷慨解囊帮助别人的政治家。"

佩德罗二世："啊,你能说出这些话来,是因为你和我一样喜欢阅读历史书,然后你才会理解我。"

凯厄斯："我告诉您吧,我的好奇心能把我带到不同的地方和不同的时间。"

佩德罗二世："我很羡慕你,我的好奇心驱使我去了解有关地理、历史方面等我能触及到的范围之内的每一样东西。我还练习着用葡萄牙语、拉丁语、法语、德语、意大利语、西班牙语、希腊语、阿拉伯语、希伯来语、普罗旺斯语以及瓜拉尼语(巴西印第安人的语言)流利地阅读、说话和写作。"

凯厄斯："我的天哪! 不过,您为什么要学习这么多的语言呢?"

佩德罗二世："我认为那是更好地了解世界各地的人民的一种途径。"

凯厄斯："那其他文化的人是怎么想的呢？"

佩德罗二世："不管是什么种族、文化或者宗教信仰，我深信人们之间应该相互理解和包容。在我出国的两次旅行当中，最有趣的事情就是当我看到人们发现我能说他们的语言时的那种惊讶的样子。我在埃及受到了非常好的接待，我用阿拉伯语和埃及的当权人物以及当地的老百姓自由地交流。在欧洲和美国，我在犹太教堂发表演讲，并在犹太教律法专家当中留下了深刻印象。我和他们都保持着密切的关系，我自始至终地拒绝种族歧视者的言论以及宗教上党同伐异的行为。"

科泽里兹："1876年，陛下踏上去美国的旅途，您以率直的风格和智慧以及对美国文化的理解和包容，让很多美国人为之倾倒。当地的一家报纸《纽约先驱报》①建议，在下一届的美国大选中提名您为美国总统。他们说您表述的共和原则比美国的那些政客标榜的更值得信赖。"

凯厄斯："哇！那么您就不能抱怨自己的命运了。我并不是说您成了孤家寡人。最终您的朋友会遍天下的。"

卡罗莱娜："我发现连凯厄斯都成了陛下的一个朋友。"

佩德罗二世："一个防止皇帝倒台的了不起的朋友。"

科泽里兹满脸微笑，佩德罗二世走过来抚摸了一下他的肩膀。

佩德罗二世："在结束采访之前，我还有一个问题要问你们：在皇城佩特罗波利斯这里有一家工厂，你们跟我一起去看看怎么样？"

大家都对这个邀请感到好奇。皇帝接着笑着解释了一下。

佩德罗二世："林德沙伊德先生是帝国啤酒厂的老板，是他邀请我去品

---

①《纽约先驱报》是1835年由贝内特在纽约创办的。该报除了地方新闻和社会新闻外，有较多的经济、金融和社交新闻，它的创办宗旨是"我们将不支持任何党派，不做派系或小团体的机关报……我们将致力于纪录事实，纪录公共的和主要的事件与问题。"

尝'波西米亚'啤酒。对这种'金黄色的佳酿'我知之甚少,但是我想,你是个地道的德国人,肯定特别爱喝啤酒。我邀请你跟我去,应该算是找对了人吧?"

　　科泽里兹:"完全正确,陛下! 那我们还等什么呢?"

第十五章 告别巴西帝国

　　当佩德罗二世和科泽里兹准备马车出门时,凯厄斯又不见了,这次是和卡罗莱娜一道消失的。此时,宫殿周围的花园里一片寂静,两个年轻人正在里面玩得快活。一朵紫色玫瑰花散发着清香,卡罗莱娜被它吸引住了,她朝它俯下身去。卡罗莱娜轻轻闭上双眼,她的嘴唇慢慢接近那柔软光滑的花瓣,并轻轻地触碰着它们。

　　这一幕被凯厄斯看在眼里,也深深地印在他的脑海中。它仿佛来自他出神时的一个幻境。年轻的姑娘朝凯厄斯转过身,面带微笑地请他闻一闻特殊的香气。凯厄斯的眼睛被卡罗莱娜容光焕发的脸庞所吸引,他靠了过去。一阵微风吹过,几绺头发散落在卡罗莱娜涨红的脸上。凯厄斯用手背撇开那金黄色的头发,他朝她的脸靠得更近了。渐渐地,树叶和小鸟在枝头发出的声音围绕在他们身边。一种神秘的力量让卡罗莱娜僵住不能动,她不知道那到底是什么。卡罗莱娜没有解释什么,就从这一切当中脱身跑开了。

　　对凯厄斯来说,这是让自己去追逐的一种暗示,可是这时在他的去路上却出现了一个人。

　　“是你!”凯厄斯瞪着惊奇的眼睛,他认出了这是小报老板阿普尔卡鲁被谋杀的那个晚上出现在屋顶上的那个女人。这个女人的棕色头发当中有几绺是蓝色的。她穿着蓝色紧身衣,戴着太阳镜,朝凯厄斯一步步走过来。女人身后跟着一个穿藏青色连身裤的男人。他就是把凯厄斯从致命的子弹中拯救出来的那个奇怪的男人。

"我希望你平平安安的!"那个年轻女人发话了。当凯厄斯从头到脚打量她的时候,这个女人拿着一个悬在她脖子上的大奖章一样的圆形物体,接着用它朝凯厄斯指了指。

"孩子,你离开我们已经很久了!"一个一脸雀斑的男人抱怨起来。这个男人就是声称自己是一名医生的那个人。不过现在他穿着一身白色的束腰宽松外衣,他同样戴着深色的类似镜子一样的太阳镜。"跟踪你我们可费了不少事。在谋杀阿普尔卡鲁的那个晚上,科泽里兹差一点看到我啦。"

"差一点!"穿藏青色连身裤的男人说,"当我们在博物馆穿越时间之门时,他们差一点把我们逮住了。凯厄斯,抓住你可真不容易啊!甚至是在没有把时间冻结住的情况下!"

"真够疯狂的!"年轻姑娘大声说,"他们本该警告我们使命几乎难以完成。"

"使命!"凯厄斯很吃惊。"什么使命?你是谁?"

"我叫卡珊德拉。我们是时间的哨兵。"这个女人稍稍鞠了个躬以示问候,"我们被派来把你带回未来世界。佩德罗二世垮台的'救星',你现在很忙啊,对吧?巴西老百姓会那样称呼你的!你如果再多待一段时间的话就要改变历史了,你知道吗?"

"我吗?得了吧!"凯厄斯不好意思起来,"我为什么要回到未来时空呢?我想留下来。"

"我只能告诉你……"那个女人说,"他们非常需要你,如果可能的话,活着回来。"

"你几乎把命都丢了,"穿束腰宽松外衣的男人透露底细说,"你好!我叫乔治,我就是在宾馆救你的那个'神秘医生',你还记得吗?"

"我真的没有印象。我当时觉得好恶心……"

"你得了黄热病，我就是照料你的那个人。"

"哇，我得的是黄热病啊！我还以为是流感呢。"

"一旦我意识到既没有人知道埃及伊蚊，也没有人懂得如何治愈黄热病，我想还不如说你得的是流感。"

"你说得对。要是宾馆的职员知道了那是黄热病的话会吓着的。哇，多谢多谢，你搭救了我！"

"救死扶伤！"

"他们认为蚊子将来还会给我们带来麻烦的。"

"你指的是在你所处的时代，"乔治纠正他的说法，"在我们的时代已经没有黄热病了。"

"登革热①也没有了吗？"

"没有。埃及伊蚊再也影响不到我们。"

"我终于听到了一些好消息。"

"如果你现在配合我们完成使命的话，我们还有更多的好消息呢！"

"我无法理解你们为什么需要我？你们不能让我待在这里吗？我还要和卡罗莱娜说话呢。"

"不行，我们做不到。作为一个时间的旅行者，你应该记得你不可以跟任何人有什么瓜葛。"

"你怎么可以要求我知道那些规则呢？真该死，我并没有选择当一个时间的旅行者啊，你知道吗？"

"其实，对你踏上这些旅途我们真的知之甚少，不过这是改天要告诉你的故事。现在我们必须把你带回未来的时空去。"

---

①登革热是登革病毒经蚊媒传播引起的急性虫媒传染病。

"我不想走！"凯厄斯非常生气。

"孩子！"穿连体裤的男人生气了，"我情愿让你待在属于你的时空里。你真正需要做的是结束这些旅行。他们怎么可以让一个业余爱好者迷失在时间里呢？还用那么老土的东西？"

"什么老土的东西？"

"你使用的是老掉牙的时光机。此外还能是什么？"

"你想干什么？"凯厄斯声色俱厉地问，"那是发明出来的首台时光机，它理所当然不具备那之后发明出来的时光机的精度。"

"更糟糕的是，你作为时间旅行的先驱人物，你不清楚你在冒多大的危险。孩子，哦，也许该叫你老爷爷才对，你给我们带来了很多要做的工作。"

"别再啰唆了，丹尼尔！"那个冒牌医生不让他说下去，"当说到时间，在有人发现我们之前，我们最好是彻底跳出当下的时间。"

"别紧张，乔治！"卡珊德拉请求道。她看了看大奖章一样的圆形物体，"既然我们都聚齐了，我们就不用再担心了。"

"我为什么非得返回到未来时空？"凯厄斯倔强地问，"我必须和卡罗莱娜说话。我不愿意就这样消失。可恶！我为什么现在就得回到未来！"

卡珊德拉抓着凯厄斯的胳膊回答说："我想只有当我们到了那里之后你才会明白的。"

"好啦，快点吧！"

"各位，可是……"凯厄斯还犟着，他摆脱了卡珊德拉，"你现在就告诉我不行吗？发生什么了？还是将会发生什么？请别说什么我将发现现今的问题，即便到了未来也未能解决。"

"你说的现今其实是历史上的时空！"乔治纠正他的说法，"眼前的一切并不是你所处的时代。"

"没错，它们是现今的问题！乔治，如果我发现一件事属于当今的时弊

的话,我不希望在我的将来有同样的问题还摆在那里。"

"凯厄斯,我们只是时间的旅行者。因为我们想让时间轴正确无误;而你,在我们所知道的范围内,你是解决方法的一部分。"

"什么,我成了解决问题的方法了?"凯厄斯笑了,"就像爱因斯坦曾经告诉过我,我们都是时间的旅行者。整个人类都在时间里穿行,但是时间的流逝对每个人来说都不一样。这个问题轮到时间的旅行者来解决,这话倒是没错,那么在解决问题的过程中,我们都得扮演好自己的角色。"

"说得太好了!"卡珊德拉赞同这个观点。她把一双手搭在屁股上,"说得太精彩了! 每个人各司其职。让我们各司其职,停止浪费我们的时间,对此你是怎么想的? "

"我只想和卡罗莱娜聊天。这个要求不过分。"

"我们必须做好准备。"卡珊德拉像其他人一样没有理睬凯厄斯的请求。这个年轻姑娘点了一下头,命令乔治按照预定时间出发。

突然,冒牌医生的太阳眼镜的眼镜腿上的一个按钮被启动之后,一张全息图的入口被打开了。凯厄斯不安起来,他从这群人当中走开了。

"到我这边来!"乔治发出指令,"我要开始驾驭时光机了。"

一道光开始从凯厄斯周围升起,一团明亮的浅蓝色薄雾变化成一个入口。那道突如其来的光变得更加耀眼,这群人拼命关上那道入口,他们的眼睛在很短的时间内差点被照瞎了。凯厄斯跟在后面离开了,他最终被新的旅程、新的一天吞了下去,被带到一个未知的终点。

# 尾声 关于佩德罗二世

佩德罗二世是巴西的第二个皇帝,1825 年 12 月 2 日生于里约热内卢。佩德罗二世的童年时代非常悲惨。他两岁时丧母,父亲突然之间退位,并于 1831 年逃回欧洲,抛下年仅五岁的佩德罗二世继位,这导致留在巴西的他度过了异常孤独、备受煎熬的童年和青少年时代。在 1840 年前他一直接受监护。年轻的皇帝师从当时最好的老师,他接受了严格的教育,条条框框多如牛毛。成年后的佩德罗二世充满一种对国家和人民的强烈的责任感与奉献精神。

基于帝国政治更加稳定的考虑,佩德罗二世于 1840 年登基掌权,早于宪法要求的法定年龄。

1843 年,在看过他未来的妻子的照片—— 一个美丽的女子之后,他通过媒人和一位意大利公主特里萨·克里斯蒂娜缔结了婚姻关系。当皇后来到巴西后,佩德罗二世非常失望。皇后个儿矮,跛腿,无论看哪儿都不漂亮,但是一国之君的婚礼按照国家利益还是得照办,于是他学着适应皇后。婚后他们生了四个孩子,但是只存活了两个。他们分别是伊莎贝尔(伊丽莎白公主,生于 1846 年)和利奥波德·特里萨(生于 1847 年)。

佩德罗二世对教育有着一股激情,从古埃及到现代的美国,他对一切

都充满着强烈的求知欲和好奇心。他能读懂荷马①与贺拉斯②的原著。他会说的语言包括：葡萄牙语、法语、英语、德语、意大利语、西班牙语、希腊语、拉丁语、瓜拉尼语、普罗旺斯语、希伯来语和阿拉伯语。他是一个异于常人的大学问家，因为他热爱数学、生物学、化学、生理学、医学、经济、政治、历史、考古学、艺术、摄影、宇宙学和天文学等。

佩德罗二世认为教育是国家所面临的最重大的事情。通过学习获取的价值在他身上就是一个明证。他曾谈道："我如果不是皇帝的话，我会选择当一个老师。我认为这个世界上没有一样工作比教育年轻人，培养未来的人才显得更高尚。"在从政期间，为了加强对历史、地理、文化和社会科学的研究和保护工作，他创办了巴西历史地理学院。他还创立了皇家音乐学校、国家歌剧院以及佩德罗二世中学。佩德罗二世中学起到了全巴西中学的示范作用。他父亲创办的皇家美术研究院，经过他的手之后获得了进一步的加强和扶持。他动用皇室专项经费，向在大学、艺术学校和欧洲的音乐学院里求学的巴西学子提供奖学金。他还为创立巴斯德学院提供资金，同意资助创立瓦格纳拜罗伊特节日剧院，以及同意新办类似的工程项目。他的努力获得了国内外人士的认可。查尔斯·达尔文在谈到他时说："佩德罗二世对科学事业的发展尽心竭力，每一个科学工作者理应对他致以最崇高的敬意。"

在佩德罗二世的领导下，巴西政治稳定，言论自由受到严格保护，公民权利得到尊重，尤其是政府的架构——一个实用的、有代表性的君主立宪的政体，让巴西走着一条与说西班牙语的邻国所不同的发展道路。

---

①荷马（公元前873年—前8世纪），古希腊盲诗人，他的代表作《荷马史诗》在很长时间里影响了西方的宗教、文化和伦理观。

②贺拉斯（公元前65年—前8年），古罗马诗人、批评家。其美学思想见于写给皮索父子的诗体长信《诗艺》。

佩德罗二世置政敌的巨大政治、经济利益于不顾,脚踏实地地推进废奴运动。他以一位博学之士的身份,以及作为一位倡导知识、文化和科学的有力的发起者赢得了声誉。很多学者,诸如查尔斯·达尔文、维克多·雨果、弗里德里希·尼采、理查德·瓦格纳、路易斯·巴斯德、亨利·沃兹沃斯·朗费罗等对他都十分尊敬和赞赏。

尽管绝大多数的巴西人并没有渴望着改变政权,但是在一次突如其来的军队政变中帝政被推翻了。军事政变几乎没有得到巴西民众的支持。

在几年时间当中,巴西悄悄进入一个政府式微、独裁专权、有违宪法精神的时期,经济面临危机。

新政权治国理政的方式与佩德罗二世的统治大相径庭。帝政时期,君主制度在报纸上不断遭到批评,老百姓享有完全自由的环境。

佩德罗二世生前最后几年孤独而忧郁,因为身无分文,他寄居在法国最豪华的宾馆里。他从来没有支持过恢复帝制的活动,他曾声明自己完全没有"重返帝位,尤其是通过任何阴谋诡计再夺回政权"的想法。

有一天,他得了传染病,并很快发展为肺炎。佩德罗二世的身体状况迅速恶化,并于 1891 年 12 月 5 日在家人的陪伴下与世长辞。他的临终遗言是:"愿上帝答应我最后的希望:请赐给巴西和平与繁荣。"

当人们在料理他的遗体时,在房间里发现了一个密封的包裹,包裹的旁边有一张佩德罗二世亲自写下的字条:"这是来自我的国家巴西的泥土,如果我客死异乡,请把它放入我的棺材。"

佩德罗二世的女儿伊莎贝尔希望举行一个不张扬的秘密葬礼。不过,最终她接受了法国政府的请求,为父亲举行了国葬。12 月 9 日这天,成千的悼念者参加了在玛德莲教堂举行的葬礼。除佩德罗二世的家人外,参加葬礼的还有欧洲许多国家的国王、王后、王族成员、外交官、法国政府代表,以及来自欧洲的重要的科学家和艺术家。根据葬礼的仪式,灵柩被人列队

抬到火车站,准备运往葡萄牙下葬。虽然阴雨连绵,室外非常寒冷,但是有约三十万民众列队为他送行。

历史学家们用一种非常积极正面的眼光看待佩德罗二世,有几位历史学家把他当成是最伟大的巴西人。

巴西著名学者鲁伊·巴尔博萨和一位负责共和政体公告的组织者对日后的共和政体非常失望,二十五年之后,他们在参议院发表演讲,用最精彩的言辞来评价佩德罗二世:

"正如大家所看到的,我们没有取得巨大的成就,我们缺少引以为荣的成功,社会不公与日俱增,权力集中在邪恶者的手中,大家失去成为一个有美德的人的信心。人们嘲笑荣誉,以诚实为耻。这就是近年来共和国的现状。

"而在另一个政体(君主立宪制)当中,一个人生命中如果有某一污点的话,这个人一辈子都难以立足,他的政治生命就结束了。有一位警觉的哨兵(佩德罗二世),大家都惧怕他的严厉,他照亮并守卫着周围的一切,就像永不熄灭的灯塔一样,为的是让荣耀、正义和道德在世间永驻。"